KB048877

나는
슈뢰딩거의
고양이로소이다

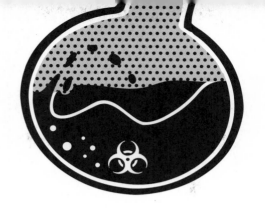

나는 슈뢰딩거의 고양이로소이다

원종우
SF 소설

토포스

머리말

나는 과학 커뮤니케이터로 살고 있다. 2013년부터 팟캐스트 〈파토의 과학하고 앉아있네〉 시리즈를 만들어 왔는데 2019년 말 현재 누적 1억 다운로드, 편당 60~100만 다운로드를 달성할 정도로 나름 성공적인 활동을 해 왔다.

하지만 나는 과학자가 아니다. 심지어 문과 출신이고 예체능 분야를 공부했다. 그런 내가 과학 커뮤니케이터가 된 연유에는 기나긴 배경과 우연, 도움 등이 있었지만 여기서 그런 말들을 일일이 주워섬기진 말자. 그저 많은 사람들이 오해하고 있거나 불편해하는 과학을 내가 듣고 싶었던 방식으로 모두에게 이야기하고 싶었다. 그게 성공적이었다고 요약하면 될 것 같다.

하지만 나는 실제로 연구를 하는 사람이 아니기 때문에

과학 자체에 대해 이야기하는 데에 한계가 있다. 그래서 전문가의 입을 빌릴 수밖에 없다. 그런 내게 픽션, 즉 소설이라는 형식으로 과학에 접근하는 방법은 무척 매력적이다. 비공식적으로나마 꾸준히 소설을 써 왔고 스스로 작가라는 의식을 갖고 있기도 하니, 그간 팟캐스트나 강연 등을 통해 이야기해 온 과학을 SF의 형태로 표현하는 것은 매우 즐겁고 자유로운 일이 아닐 수 없다.

그러나 이 책에 수록된 소설들은 과학적으로 중요한 것만을 소재로 삼지는 않는다. 특히 이 소설들로 과학을 '가르칠' 의도는 전혀 없다. 소설은 그냥 그 자체로 재미있기를 바란다. 단지 직업이 직업이다 보니 거기에 과학, 철학, 사회적으로 생각할 거리를 독자들의 이해를 돕기 위해 붙여 놓았다. 사실 모든 SF 작품들이 그런 생각거리들을 갖고 있지만 우리나라는 SF 소설의 불모지나 다름없기에* 이렇게 약간의 친절을 발휘할 필요를 느낀다.

그래서 이 책의 모든 작품에는 앞뒤로 해설이 있다. 앞쪽

---

*
물론 우리나라에도 훌륭한 SF 작가들이 많이 있다. 시장의 크기 측면에서의 이야기다.

에서는 소설을 쉽게 읽기 위한 사전지식, 즉 인트로덕션이 있고 뒤에는 필요한 설명을 붙여 놓았다. 과학적 개념들과 SF 소설에 익숙한 독자들에게는 그저 한번 읽고 넘어가는 정도의 의미를 갖겠지만 이런 이야기를 자주 접하지 않는 독자들에게는 나름대로 도움이 될 수 있을 것이다.

과학과 SF 소설의 세계는 깊고 넓으며 우아하다. 이 책을 통해 많은 분들이 과학과 SF 소설에 호감을 갖게 된다면 참 기쁘겠다.

2019년 겨울

원종우

차
례

메멘토 모리,
죽음을 기억하라

앞설

인간은 자신의 유한성을 명확하게 아는 유일한 동물이라는 말이 있다. 다른 동물들 속마음이 어떤지 실제로 알 길은 없지만 때로 전해지는 코끼리나 개 등의 일화에서 보면 그들도 죽음이라는 개념을 어느 정도 인식하지 않나 싶다. 하지만 직관적인 느낌뿐만 아니라 이성적으로 죽음을 인지하는 것은 아마도 지구상에서 인간이 유일한 존재일 것이다. 그래서 까마득한 옛날, 인간의 조상이 죽음을 인식한 그 시점부터 지금까지, 죽음을 극복하는 것은 인류가 추구하는 가장 중요한 목표이자 숙원 중 하나이다.

그런데 이 문제에 대해 깊이 생각해 보기 전에 과연 죽음을 극복한다는 건 무엇인지 먼저 생각해 보자. 소위 '영생'이라는 것에도 종류가 있다. 일단 가장 높은 차원에 있는, 즉 궁극의 영생은 무슨 일이 있어도 결코 영원히 죽지 않는 것이다. 늙어 죽지도, 병들어 죽지도, 다쳐서 죽지도 않는다. 나를 죽일 수 있는 것은 오직 나 자신의 의지뿐이다. 이 정도면 가히 '신神' 급이라고 할 만한데, 그리스 로마 신화, 인도 신화 등에 등장하는 신들은 수시로 죽고 죽이기 때문에 그보다 상위의 존재다. 다만 여기서는 영생만이 주 관심사이기 때문에 우주를 만들거나 태양을 멈추는 등 창조주급의 힘을 가질 필요는 없겠다. 하지만 총에 맞거나 기차에 부딪히거나 용암에 빠져서도 죽지 않아야 하니 대략 슈퍼맨과 창조주 사이 어디쯤에 있는 존재일 것이다.

하지만 이렇게 진정으로 영원한 삶을 누리는 존재는 물리학적으로는 성립이 불가능하다. '영원'이라는 단어가 가진 의미 때문이다. 현대 우주론은 이 우주조차도 영원하지 않고 어느 시점에서는 엔트로피 법칙에 의해 결국 열평형 상태에 놓이게 된다고 말하고 있다. 역설적이게도 이것을 우주의 '열사망'이라고 부르는데, 원자를 포함해 모든 우주의 물질들이 꽁꽁 얼어붙어 정지하게 되고 에너지 흐름도 모두 사라지는

것이다. 따라서 그 속에서 어떻게든 혼자 살아남아 있겠다는
건 어불성설이다. 살아남으려면 우주의 물리 법칙을 초월하
거나 물리 법칙이 적용되지 못하는 우주 바깥에 있어야 하는
데 이는 아무래도 우리가 논하거나 심지어 '될' 수 있는 대상
이 아닌 듯하다.

한편 영생의 낮은 레벨, 어쩌면 우리가 성취 가능할지도
모르는 수준의 영생은 '늙어' 죽지 않는 것이다. 이런 영생을
사는 대표적인 존재는 소설 《반지의 제왕》 세계에서 톨킨이
만들어 낸 가상의 종족, 엘프다. 흥미롭게도 이런 유의 영생
을 추구하는 사람들이 실제로 있다. 지금은 없어진 듯하지만
10년 전쯤 영생과 관련된 연구를 하는 프로와 아마추어 학자
들이 모여 있는 웹 사이트를 한동안 열심히 들여다보던 적이
있었다. 당시에는 엉뚱하고 급진적인 생각같이 보였지만 지
금은 주류 의학계와 생물학계에서도 이 문제를 진지하게 다
룬다. 이 연구를 하는 사람들은 죽음을 순리가 아닌 일종의
질병으로 여긴다. 따라서 죽음을 치료하거나 극복하는 방법
이 있다고 진지하게 주장한다.

낯설게 느껴지지만 이런 주장도 일리가 있는 것이, 사람
이 늙어 죽는다는 것은 장기, 근육, 뼈 등이 노화로 인해 손상

되어 사망에 이르는 것이기 때문이다. 늘 보아 온 너무 익숙한 현상이라 그저 당연하게 여기지만, 나이가 들면 신체를 이루는 세포들이 젊었을 때처럼 회복되지 않아 점점 망가지고, 그와 관련된 여러 가지 질환으로 사망에 이르게 된다. 따라서 순수하게 늙어 죽는다는 상태는 존재하지 않는다고도 말할 수 있다.

이런 생각을 하는 사람 중 가장 잘 알려진 인물은 아마 미국의 발명가이자 컴퓨터 학자, 미래학자인 레이 커즈와일Ray Kurzweil, 1948~일 것이다. 현재 70대인 그는 어느 시점부터 늙어 죽지 않기로 작정을 했고, 이를 위해 하루에 영양제 150알, 알칼리수 10잔, 녹차 10잔을 마신다. 그리고 향후 나노머신이 몸속을 돌아다니면서 고장 난 세포와 장기를 수리하는 날을 꿈꾼다. 이보다 좀 더 급진적인 그룹은, 타고난 육체를 영원히 이어 나가는 것은 유전자적 레벨에서 한계가 있을 가능성이 크니 몸을 기계로 바꿔야 한다는 주장을 펼친다. 마치만화 〈은하철도 999〉에 나오는 기계 인간과 비슷한데, 팔다리나 다른 장기는 어떻게든 만들어 대체한다고 하더라도 인간의 의식을 어떻게 기계로 이식할 것이냐는 점은 아직까지는 해결하지 못했다.

머릿속의 정보를 디지털 신호로 바꿔서 컴퓨터에 업로드하는 것은 카피본을 따로 만드는 것일 뿐 해결책이 아니다. 이 방법으로는 기계 몸을 갖고 영원히 사는 것은 그 카피본이지 진짜 내가 아니기 때문이다. 그래서 일부 연구자들은 기상천외한 아이디어들을 내기도 했다. 그중에는 뇌 속의 뉴런을 조금씩만 기계로 교체해 가면서 정체성을 유지하자는 방법도 있다. 뇌 속에는 대략 1천억 개의 뉴런이 있는데 그중 한 번에 10만개 정도를 기계로 바꾼다고 해도 전체에 대한 비율이 얼마 되지 않기 때문에 큰 영향이 없고, 그렇게 비율을 조금씩 늘려가면서 의식이 사라지거나 단절되지 않는 선에서 기계로 조금씩 바꿔가면 나중에는 기계만 남아도 여전히 나로서 살 수 있지 않겠냐는 주장이다. 엉뚱하지만 논리적으로는 꽤 그럴싸하다.

그러나 이런 방법으로도 정말로 영원히 사는 건 불가능하다. 설사 동방삭처럼 3천 갑자(18만 년)를 살아도 그건 영생이 아니고, 죽음을 극복한 건 더더욱 아니다. 제아무리 긴 세월이라도 일단 지나간 시간은 하나의 작은 점이나 다름없기에 죽을 때가 오면 100년도 못 살고 가는 우리와 마찬가지로 속절없이 죽음을 맞이할 뿐이다.

이렇게 보면 영생이라는 것은 어떤 형태로든 어불성설이며 달성 불가능한 미션이라고 말할 수밖에 없다. 그래서 자아의 영속성과 관련해서 우리가 기대를 걸 수 있는 것은 오히려 죽음 쪽이다. 만약 죽음 뒤에 무언가가 있다면, 그 세계는 적어도 우리가 아는 우주의 물리 법칙에 지배받지는 않을 것이기 때문이다. 특정 종교에서 말하는 지복의 천국이나 영원한 고통이 계속되는 지옥이 있을 것 같지는 않지만, 여하튼 뭔가가 존재한다면 앞에서 영생의 걸림돌로 제기된 열사망이나 육체적 한계 등은 문제가 되지 않을 수도 있다. 다만 이것을 알려면 일단 죽어야 한다는 점이 문제다. 애초에 영원히 사는 게 목적인데 그걸 확인하기 위해서는 죽어야 한다는 것, 이는 죽음이 본질적으로 인간이 결코 넘어설 수 없는 어느 지점에 놓여 있다는 것을 역설적으로 보여 주는 대목이다.

메멘토 모리Memento mori, 죽음을 기억하라

오랜만에 화창하고 따스한 날이었다. 이런 날이면 으레 그러듯이 나는 반팔 셔츠와 청바지 차림으로 낡은 캠핑용 의자를 둘러메고 몇 블록 떨어져 있는 공원으로 향했다. 너른 길은 한적했고 공기는 더할 나위 없이 깨끗했다. 공원 한가운데에는 높이가 채 10미터도 되지 않는 나지막한 언덕이 있었다. 잔디는 엉망이었지만 주변의 나무가 잘 자라 꽤 운치가 있어서 나는 이곳을 희망봉이라고 불렀다. 볕이 잘 드는 나무 사이에 의자를 펴고 기대앉으니 몸과 마음이 나른해졌다. 낡은 의자는 녹이 슬어 삐거덕거리긴 했지만 가볍지 않은 내 몸을 잘 받쳐 온 오랜 친구 같은 녀석이다.

그리고는 언제나처럼 작은 배낭을 열고 직접 담근 과일주 한 병과 약간의 견과류 그리고 낡은 소설책을 꺼내 들었다. 몇 페이지 읽지 못하고 잠들 것이 뻔하지만 그것도 나쁠 것은 없다. 저녁 무렵 서늘해질 때까지 내처 자다가 주섬주섬 의자를 챙겨 들어가면 그만이다. 열 번도 더 읽은 소설책의 역할이란 어차피 그 이상이기는 어렵지 않은가.

그렇게 얼마나 잤을까, 앙칼진 젊은 여자의 목소리에 흠칫 잠에서 깼다.

"이리 와. 그 사람 근처에 가지 마!"

술기운과 잠으로 멍해진 눈을 반쯤 뜨고 고개를 돌려보자 내 옆에 한 소녀가 물끄러미 나를 쳐다보며 서 있었다. 열서너 살쯤 되었을까. 단정한 단발머리에 검은 바지와 하얀 긴 소매 셔츠를 입었다. 소녀는 호기심 어린 눈동자로 말없이 나를 바라보고 있었다.

여자가 언덕 밑에서 다시 소리쳤다.

"얼른 오라니까!"

아이는 마지못해 몸을 돌렸다. 그때 나는 잠결에 일종의 착시를 경험했던 것 같다. 소녀가 나를 향해 한쪽 눈을 찡긋했던 것이다. 착시가 아니었다면 아마 파리나 벌 따위가 그

애의 눈에 내려앉았으리라. 저렇게 평범한 소녀가 내 곁에 가까이 온다는 것도 그렇지만, 어떤 형태로든 개인적인 호감을 표현한다는 건 더욱 불가능한 일이다. 나는 우피이기 때문이다.

이 명칭이 어디서 왔는지는 잘 모른다. 아마도 오래전에 있었던 '히피' 같은 말에서 엮여져 나왔으리라. 히피라는 종족은 20세기 중반에 나타났는데 산업과 자본주의를 거부하고 자연 상태 그대로 살고자 했던 사람들이라고 한다. 오래전에 사라져서 책에서 얼핏 읽었을 뿐이지만 히피와 우피 혹은 나 사이에는 분명 공통점이 있는 것 같다. 사람들 대부분이 당연히 여기며 가는 길을 따라가지 않는 점이나 그래서인지 자유시간이 무척 많다는 것 그리고 무엇보다 눈에 띄는 이상한 복장과 긴 머리를 하고 있는 것을 보면 말이다. 그 옛날 히피들은 일종의 화학 약품을 먹고 환각을 체험하는 실험을 했다는데 나도 이렇게 밖에 나와 햇살과 바람과 동식물에 함부로 몸을 노출시키고 있다. 이런 행동들이 실은 그렇게 위험하진 않다고 믿는 점도 비슷하다. 물론 그들은 틀렸고 나는 옳다는 점이 다르지만.

그런 생각을 하는 동안에도 소녀의 어머니로 보이는 여자는 불안한 듯 팔짱을 끼고 내 쪽을 바라보고 있었다. 나에게서 무엇인가 더럽고 위험한 것이 옮지는 않았을지 걱정하고 있을 것이다. 그런 것이 두려웠다면 나오지를 말았어야지, 속으로 생각했지만 입 밖으로 내뱉을 이유까지는 없었다. 나는 애써 고개를 반대쪽으로 돌리고 책을 폈다. 참 오랜만에 보는 사람이었다.

*

언제였을까. 시간의 흐름을 잊고 산 지 꽤 오래되어서 이제 기억하기 쉽지 않다. 20년? 아니, 40년쯤은 되었을 것이다. 그 약이 처음 개발됐을 때 세상은 그야말로 흥분의 도가니에 빠져들었다. 누군가가 정말 그런 것을 만들어 낼 거라고는 감히 예상조차 못했다. 모두 입을 모아 인류 역사상 최고의 발명이라고 칭송했다. 지금은 없어진 한 유명 시사 주간지는 '과학이 존재했던 이유가 충족되다'라는 찬사까지 바칠 정도였다.

유전공학으로 합성된 그 물질은 면역질환 치료제를 연구

하는 과정에서 우연히 발견되었다. 심각한 면역체계 교란을 겪고 있던 흰쥐에게 이 약물을 투여했지만 효과가 별로 없었고, 얼마 지나지 않아 그 쥐가 들어있던 케이지는 많은 실험용 동물들이 수용된 자동 축사의 한 구석에 방치되었다. 그리고 연구원들은 이내 그것이 왜 거기에 있는지 잊어버리고 말았다. 세월이 지나고 사람이 바뀌면서도 그들은 이 작은 동물에 아무런 관심을 두지 않았다. 기계는 자동으로 물과 사료를 공급했고, 컴퓨터는 습관적으로 바이털 사인을 기록했을 뿐이다. 그렇게 5년이 흘렀다.

이 상황을 처음 눈치챈 사람은 연구소에 갓 들어온 젊은 박사 후 연구원이었다. 컴퓨터 시스템을 교체하고 동물들의 데이터를 비교하는 과정에서, 평균 수명이 2년밖에 되지 않는 흰쥐 한 마리가 5년이 지나서도 살아 있다는 사실을 알게 된 것이다. 여전히 면역 질환으로 고통받으면서도 그 쥐는 조금도 노화의 기미를 보이지 않았다. 곧 다양한 동물들에 대한 실험이 진행됐고, 이어 사람을 대상으로 한 임상실험마저도 성공적으로 이루어졌다. 그렇게, 순전한 우연으로 불로불사의 약 '이터너티Eternity'가 세상에 등장했다.

처음에는 수십억 원을 호가하는 고가에 팔리며 부호들만

누릴 수 있는 사치였지만 곧이어 중국과 인도를 시작으로 훨씬 저렴한 복제품들이 등장하면서 상황이 달라졌다. 당연히 전 세계에 걸쳐 거의 모든 사람들이 이 주사를 맞게 되었다. 단 한 번의 접종만으로 노화를 멈추는 유전자에 변형을 일으켰기 때문에 추가적인 조치도 필요하지 않았다. 노화의 위협과 죽음의 공포가 드디어 제거되었다는 믿을 수 없는 사실에 모두가 흥분했고, 세계 곳곳에서 축제와 파티가 줄을 이었다. 그렇게 인류는 영원한 젊음과 삶을 함께 얻었다.

기묘한 부작용이 보고되기 시작한 것은 그로부터 얼마 지나지 않아서였다. 주사를 맞은 사람들 사이에서 극도로 심한 결벽증과 대인기피증을 비롯한 이상 심리 현상이 광범위하게 나타났다. 한동안 무한한 행복감과 파티의 즐거움에 빠져 살던 사람들은 더는 밖에 나가거나 사람을 만나려고 하지 않았고, 모든 것에 극도로 조심성과 불안감을 드러냈다. 너무 많은 사람들이 한꺼번에 이런 성향으로 변해 갔기 때문에 이터너티의 부작용이라는 점에는 의심의 여지가 없었다. 어른들은 일터에 나가지 않았고 아이들을 학교에 보내지 않았다. 사회 시스템은 조금씩 붕괴되어 갔고 산업도 멈춰 섰다. 결국 기본적인 의식주와 새로 태어나는 아이들에게 약을 공급

하기 위한 시설 외에는 아무것도 남지 않게 되었다. 도시에는 여전히 많은 사람들이 살고 있지만 이제 거리에는 차도, 사람도 없다.

"우리 부모님도 그래요. 그래서 할아버지를 처음 봤을 때 너무 놀랐어요. 엄마는 밖은 위험하니 함부로 돌아다니면 절대 안 된다고 했는데 그렇게 잠이 든 모습을 보고는 감기라도 걸리실까 봐 깨워 드리려고 했어요. 저도 감기에 걸려 병원에 가야 하지 않았다면 이 공원을 지나갈 일은 없었을 거예요."

소녀의 이름은 애나였다. 호기심을 이기지 못하고 나를 다시 찾아온 것이다.

"결국 이터너티의 부작용이 모든 사람들에게 퍼진 건가요?"

나도 모르게 짧은 한숨이 나왔다.

"이 이야기를 네가 이해할지 모르겠구나. 너는 아직 주사를 맞으려면 더 기다려야 하지?"

"네. 신체 발육이 완전히 끝난 다음에 맞게 되니까요. 그렇지 않으면 어린아이의 몸으로 영원히 살아야 하죠."

"나도 안단다. 애나, 노인을 본 적은 있니?"

"책에서만요. 어딘가에 살아 있는 사람들이 있다는 이야기는 들었지만 직접 본 건 할아버지가 처음이에요."

"그래."

나는 과일주를 한 모금 들이켰다.

"이터너티가 처음 나왔을 때 노인들은 잘 맞지 않았지. 늙고 아픈 몸으로 영원히 산다는 것은 악몽일 수도 있으니까. 그들은 이제 대부분 죽었단다. 물론 젊은 사람들 중에서도 나름대로의 이유로 주사를 안 맞은 사람들이 있긴 했어."

"할아버지도 주사를 맞지 않아서 나이가 드신 거군요. 그래서 우피가 되신 거고요."

"그렇단다."

애나는 이해할 수 없다는 듯 입을 실룩거리며 말했다.

"왜요? 늙는 게 좋아요? 죽는 게 무섭지 않고요? 다들 우피가 미쳤다고 말해요. 늙어 죽는 걸 원하는 이상한 사람들이라고, 자신을 돌보지 않아서 그렇게 됐고 우리에게 병을 옮길 거래요."

"나도 늙는 게 싫단다. 죽고 싶지도 않아. 하지만 그보다는 이터너티의 부작용에 빠지는 게 더 싫었던 거야. 방 안에

간혀서 아무도 만나지 않고 햇볕도 쬐지 못하면서 영원히 살고 싶지는 않았어."

나는 잠깐 뜸을 들이고 말을 이었다.

"지금 밖으로 나와 보니까 어떠니. 정말 바깥이 그렇게 위험한 것 같니? 이 따스한 햇볕이, 시원한 바람이, 맑은 공기가, 푸른 나무와 풀벌레가 무섭니?"

"그렇지 않은 것 같아요. 기분이 나쁘지 않아요."

"그래. 난 이런 것들을 즐기며 살고 싶었을 뿐이야."

애나는 한동안 말이 없었다. 그러다가 불현듯 물었다.

"그런데 이상해요. 늙지도 죽지도 않은 약을 발명할 정도였는데 그 부작용을 해결할 약을 왜 못 만들었나요? 그게 그렇게 힘든 일인가요?"

"음, 어떤 사람들은 그 증세를 연구하고 그럴듯한 약을 내놓았지. 그전부터 있었던 다양한 정신질환 치료제들도 사용했고. 하지만 아무런 효과도 없었단다."

"약이 좋지 않았나 보죠?"

"그런 게 아니었어. 애당초 약으로 나을 수 있는 게 아니었던 거야."

나는 잠시 망설였다. 이런 이야기들을 해 주는 것이 무슨 의미가 있을까. 이 아이도 얼마 지나지 않아 성장기가 지나면 주사를 맞을 것이고, 그러면 그 증상에 사로잡히게 될 텐데. 하지만 프로 메모리아pro memoria, 진실은 기억되어야 한다.

"애나. 불로불사의 약은 유전자를 변형해서 우리 몸의 노화를 영구히 멈추어 준단다. 그래서 모두가 환호했고 기꺼이 그 주사를 맞았어. 하지만 그런 후에 그들은 깨달았지. 늙어 죽지 않는다는 것이 곧 죽음을 완전히 극복하는 것은 아니라는 사실을 말이야. 생각해 보렴. 사람은 늙어서만 죽는 것이 아니야. 병으로 죽고, 전쟁이나 범죄로 서로 죽이고, 비행기나 자동차 사고, 짐승의 공격 등 그 밖에 상상할 수 있는 다양한 유형의 사고로 죽지. 하지만 그런 죽음까지 이터너티가 막아 줄 수는 없지 않겠니. 반대로 이야기하면 일단 이터너티를 맞고 나면 이제 병만 걸리지 않으면, 사고만 나지 않으면, 죽을지도 모를 위험한 일에 말려들지만 않으면 영원히 살 수 있는 거지."

"무슨 말씀인지 잘 모르겠어요⋯."

"그래. 이해하기 힘들겠지만 들어 보렴. 예전에 인간에게는 용기라는 게 있었지. 지금과는 달리 때로는 위험한 일에 자진해서 덤벼들곤 했단다. 자기가 믿는 신념이나 사랑하는 사람을 위해 목숨을 걸기도 했어. 어떻게 그럴 수 있었을까."

"…."

"그건 우리가 언젠가 반드시 죽는다는 것을 알고 있었기 때문이야."

"그럼 더 두려워해야 하지 않아요?"

나는 배낭에서 담요를 꺼내 다리에 덮었다. 저물어 가는 해가 노쇠한 몸을 차갑게 식히기 시작했다.

"실은 그 반대란다. 죽음이 누구에게나 반드시 찾아온다는 것을 알았기에, 용기 있는 사람들은 죽음을 조금 앞당길지도 모를 위험에도 덤벼들 수 있었던 거야."

"그럼 그 부작용이란 건…."

"맞아. 그건 약이 만들어 낸 화학적인 영향이 아니었어. 영생이라는 부자연스러운 조건에 지불해야만 하는 영혼의 대가였던 거지. 다들 어렵사리 얻은 영원한 삶의 기회를 절대로 망치고 싶지 않았던 거야. 그래서 혹시라도 병을 옮길지 모르는 다른 인간과 생물들로부터 멀리 도망갔고 어쩌면 사고를 당할지도 모르는 바깥세상으로부터 꽁꽁 숨어 버렸어. 무엇인가를 위해 목숨을 거는 것은 상상도 못하게 됐지. 결국 영원히 살기 위해 무한한 겁쟁이가 되고 만 거란다."

어린아이에게 괜한 소리를 한 게 아닌가, 나는 약간의 후회 속에서 애나의 반응을 살폈다. 애나는 말없이 나뭇가지를 집어 들어 땅바닥에 한동안 낙서를 하다가 고개를 들었다.

"죽으면 어떻게 되죠?"

그래. 죽으면 어떻게 되던가. 오랜 세월 인류 문명과 문화를 사로잡았던, 하지만 이제 아무도 묻지 않게 된 그 질문.

"아무도 모른단다. 아무것도 없다는 사람도 있고, 뭔가 다른 게 펼쳐진다는 사람도 있지."

"죽어 보지 않으면 모르겠네요. 그렇죠?"

"그렇겠지."

애나가 나뭇가지를 버리고 일어섰다.

"저 이제 가 봐야 해요. 부모님이 돌아오실 시간이거든요. 언제 또 나가실지 모르니 언제 다시 할아버지를 보러 올 수 있을지도 모르겠어요. 영영 못 올 수도 있고요."

"그래. 안다."

"저는 주사를 맞게 될 거에요. 하지만 할아버지가 옳았기를 바랄게요. 나중에는 생각이 바뀔지도 모르지만, 바깥세상은 무섭지 않고 다른 사람과 이야기하는 건 나쁜 게 아니에요. 그리고 우피는 미친 사람들이 아닌 것 같아요. 자기 뜻과 믿음대로 사는 것뿐이에요."

"그래. 고맙구나. 잘 가렴."

애나는 전처럼 종종걸음으로 희망봉을 내려갔다. 뒤돌아보며 어디서 배웠는지 그 의미 모를 윙크를 다시 한 번 보내고 가는 것도 잊지 않았다. 아마 다시는 저 아이를 보지 못하겠지. 어두워지는 하늘을 바라보며 나는 등받이에 몸을 깊숙이 기대었다. 자기 뜻과 믿음대로 사는 사람이라. 글쎄, 만약 내가 오래전 그날 그 쥐를 눈여겨보지 않았다면, 그리고 인류를 구원할 수 있다는 희망과 그보다 백 배쯤 더 강렬했던 부와 명예의 욕망 속에서 그 약을 만들지 않았다면 어땠을까.

늘 그랬듯이, 다들 죽음에 대한 공포 같은 것은 나중의 고민으로 미뤄 두고 하루하루를 바삐 살았겠지. 때로 지루하고 노곤한 일상이겠지만 그 속의 소소한 기쁨과 보람을 느끼며, 언젠가 떠날 날이 오면 모든 걸 내려놓을 줄도 알았을 테지. 그런데 영생을 얻은 지금은 오히려 모두가 매 순간 죽음을 두려워하며 살고 있다. 죽음에 대한 경계와 저항이 삶의 유일한 목적이 되고 말았다.

가끔 의문이 든다. 나는 인류에게서 죽음을 제거한 구원자일까, 아니면 인류 전체를 영원한 영육의 무덤 속에 가둬

버린 악마일까? 애나의 말처럼 머지않아 죽고 나면 그 의문의 답을 얻게 될까. 모르겠다. 그저, 지금 내가 아는 것은 그런 일을 벌인 내게 영생의 자격 같은 것은 없다는 사실이다. 소멸을 통한 영원한 안식과 지옥이라는 거대한 무책임의 형벌 중 하나를 얻게 될 그 죽음의 날을 나만은 피해 갈 수 없다.

냉기에 몸이 쑤시기 시작했다. 이제 들어갈 시간이다.

뒷설

이 소설의 발상은 영화 〈반지의 제왕〉에서 비롯됐다. 2편 〈두개의 탑〉에 등장하는 헬름스 딥 전투에는 할디르를 리더로 하는 엘프 궁사들이 수세에 몰린 인간들을 도와주기 위해 나타난다(이 장면은 영화에만 있고 책에는 등장하지 않는다). 그 결과 많은 엘프들이 전투 중에 죽고 할디르 본인조차 목숨을 잃고 만다.

그 장면을 보면서 궁금해졌다. 조심하고 있으면 영원히 사는데, 저렇게 위험천만한 전투에 참여해서 죽는 건 너무 아까운 일이 아닐까? 내가 고귀한 엘프가 아니라 인간이라서 그런 것인지도 모르겠지만 보통 사람들이 영생의 기회를 얻는다면 절대로 저렇게 용기 있게 나설 수 없을 거라는 생각이 들었다. 용기 있게 나서기는커녕 혹시라도 죽을까 봐 전전긍긍하며 매 순간 조금이라도 죽을 가능성이 있는 상황을 피하는 데 병적으로 집착하게 되지 않을까. 간혹 예외는 있겠지만 인간의 정신세계라는 것이 결국 그런 정도의 수준일 것이다.

이렇게 되면 이제 소설의 뒷부분에 쓴 것처럼, 영생을 얻었음에도 오히려 매 순간 죽음을 두려워하면서 죽음의 위험에 대한 경계와 저항이 삶의 유일한 목적이 되는 모순된 상태에 빠지고 만다. 자연의 섭리를 거스른 죄로 인류는 비싼 대가를 치르게 되고, 결국 문명과 사회 시스템이 붕괴된다. 나중엔 영화 〈매드맥스〉나 〈북두의 권〉 같은 세상이 되어 서로 싸우고 '죽이게' 될지도 모른다.

영화 〈블레이드 러너〉에서 이제는 고인이 된 룻거 하우어가 열연한 레플리컨트(복제인간) 로이 배티는 단 4년으로 정해진 삶의 시간을 늘리기 위해 지구에 잠입한다. 살아남기 위해 끈질기게 싸우던 로이는 막판에 그를 쫓던 릭(해리슨 포드)을 죽음 직전까지 몰아넣지만, 건물 옥상에 매달려 있다가 떨어지는 릭을 붙잡아 구한다. 이어 "이제 죽을 시간이다Time to die"라며 빗속에서 눈을 감는 그의 얼굴에는 허무 속에서도 평온함이 감돈다.

나는 너희 인간들이 상상도 못할 것들을 봤다.
오리온의 근처에서 불타는 전함들.
텐하우저 게이트 가까이의 어둠 속에서 빛나던 C- 광선.
그 모든 순간들은 시간 속에서 잊혀지고 말겠지.
마치 빗속의 이 눈물처럼.
이제 죽을 시간이다.

4년이라는 생은 인지력과 감정을 가진 생명에게 너무 짧은 시간이다. 하지만 어차피 언젠가 죽음을 맞이한다는 점에서 우리의 처지도 로이와 크게 다를 것은 없다. 로이는 아마 그런 통찰과 측은함 때문에 릭을 구해 주었을 것이다. 이제 자신의 죽음이 임박한 상황에서까지 다른 생명을 살상할 이유를 찾지 못한 거다.

그러나 욕망을 자제하지 못하는 인류에게 '영원한 삶'은 충족되지 않는 마지막 유혹으로 언제까지나 되돌아올 것이다. 영화감독 마틴 스콜세지의 명작 〈그리스도 최후의 유혹〉

에서 예수가 받는 유혹도 눈앞에 닥친 신으로서의 죽음을 받아들이지 않고 인간의 소소한 생을 선택하는 것이었다. 공포와 허무 등이 뒤섞인 죽음의 무게는 그토록 무겁고, 이것을 느껴보지 못한 사람은 필시 삶과 죽음에 대해 깊이 고민해보지 않은 것이다. 물론 꼭 고민해야 할 필요는 없다. 어차피 조만간 죽을 건데.

세대 차이

앞설

우리가 태양계 너머 깊은 우주로 나서고자 할 때 가장 큰
장애물은 기술이 아니라 물리 법칙이다. 질량이 있는 어떤
물질도 광속에 도달할 수 없다는 특수 상대성이론의 지고한
명령 때문이다. 굳이 초속 30만 킬로미터나 되는 광속의 어
마어마한 속도를 한계로 설정하지 않더라도, 현재 인류가 만
들 수 있는 로켓은 아직 형편없이 느리다. 1977년에 발사된
보이저 1호 탐사선이 태양계의 진짜 끝이라고 하기도 어려
운 태양권 계면에 도달하는 데만도 36년이나 소요됐다. 보이
저 1호의 속도는 초속 17킬로미터에 달해 서울에서 부산까
지 단 30초면 갈 수 있지만, 이런 속도도 우주에서는 거북이

걸음이나 다를 바 없다. 이래서는 태양계를 벗어나 먼 우주를 탐사할 가능성은 전무하다고 말해도 과언이 아니다.

그래서 〈스타트렉〉이나 〈스타워즈〉 같은 SF 작품들에서는 광속 한계를 가볍게 무시하고 주변의 다른 별과 행성들을 옆집처럼 돌아다니며 벌이는 모험들이 당연스럽게 묘사된다. 이렇게 하지 않으면 스토리 자체를 성립시킬 수 없다. 그러나 현실에서는 아무리 긴 세월이 지나도 과연 이것이 현실화될 수 있을지는 미지수다.

한편 광속을 뛰어넘을 수 없다는 현실적인 전제를 바탕으로 두고 기나긴 항성 간 여행을 실현하기 위한 대안으로 등장한 것이 바로 세대 우주선, 즉 '제너레이션 쉽Generation ship'이다. 이 우주선은 최소한 도시 정도의 거대한 크기로 제작된다. 그 자체로 모든 자원의 자급자족이 가능하고, 인간과 동식물의 생존 및 생활을 위한 생태계를 갖추고 있어서 마치 지구에서 살던 때와 별다른 차이가 없이 일상을 영위할 수 있게 만든 우주선이다. 이 우주선으로 수많은 세대에 걸쳐 우주를 항행하면서 마침내 목적지에 도달하겠다는 것이다.

일단 세대 우주선을 만든다는 것 자체가 고도로 발달한

기술이 필요한 엄청난 작업이다. 또 우리 태양계에서 가장 가까운 알파 센타우리까지 가는데 걸리는 기간만 수천 년 이상 소요될 것이다. 따라서 굳이 이런 우주선을 만들어 써야 하는 상황이라면 아마도 지구와 그 주변이 초토화되어 더는 인류가 생존할 수 없는 절박한 상태일 것이다. 영화 〈인터스텔라〉의 말미에 비슷한 이유로 세대 우주선이 등장하기도 했다.

그러나 이런 방식의 우주 여행에는 과학기술 측면의 문제점 외에도 더욱 심각한 문제가 있다. 그것은 그 속에서 수천, 수만 년간 살아가야 하는 사람들이 인류 문명의 전체 기간만큼이나 오랜 세월 동안 겪을 일들의 문제다.

세대 차이

"결국 이것을 보여 주려고 나와 만나기를 청한 거군요."

테이블에는 낯선 물건들이 쌓여 있었다. 그중 특히 눈에 띄는 것은 가는 홈이 동심원처럼 파인 원반들이었다. 그 옆에는 그것이 들어 있었을 것으로 짐작되는 돌 상자와 금속 상자, 글자로 여겨지는 기호가 적힌 종이 몇 장, 마치 모형 열차처럼 보이는 묘한 물체도 함께 놓여 있었다.

"그렇습니다. 란도."

마투는 미간을 살짝 찌푸렸다. 그는 지난 10여 년간 지구 곳곳을 누비며 고대 유물과 유적을 발굴하고 연구했다. 아직 30대의 젊은 나이였지만 뛰어난 통찰력과 집요한 연구를 통해 그가 이룬 몇몇 업적들은 교과서에 실릴 정도였고, 그 중에는 수천 년에 걸친 인류 문명의 역사를 새로 바라보게 하는 결정적인 것들도 있었다. 그는 의심할 여지없이 현존하는 최고의 고고학자였다. 그런데 지금 란도는 그런 마투의 명성에도 불구하고 은근한 경멸조로 그를 대하고 있었다.

하지만 마냥 이해 못할 일이 아닌 것은 자신도 얼마 전까지는 이런 상황에서 비슷한 태도를 보였을 것이었기 때문이다. 마투가 이 유물들에 대해 처음 연락을 받은 것은 몇 달 전 일이었다. 3만 년은 족히 된 지층에서 매우 정교한 물체들이 출토되었다는 편지를 받았을 때, 처음에는 늘 그렇듯 착각이거나 조작일 거라고 여겼다. 유력한 고고학자로 살다 보면 초고대 문명의 증거니 외계인의 흔적이니 하는 온갖 괴상한 제보를 수시로 접하기 마련이다. 사실 마투는 이제 들여다보지도 않는 그런 엉터리 제보의 진위보다는 그 사람들이 어떻게 자신의 주소를 알아내는지가 더 궁금할 지경이었다.

그런데도 그는 그날따라 심드렁한 기분으로나마 봉투를 뜯었다. 설명이 주렁주렁 쓰인 편지와 함께 사진 여러 장이 들어 있었다. 첫 번째 사진은 화강암과 비슷한 느낌의 암석으로 된 상자였다. 군데군데 세월의 흔적이 있긴 했지만 전반적으로 상태가 좋은 편이었다. 하지만 이런 물건들은 실물을 본 것만도 수십 개가 넘었기에 아무런 인상도 주지 못했다. 두 번째 사진은 상자의 측면에 있는 가로로 난 홈을 확대해 찍은 것이었다. 사각형인 상자 전체를 둘러서 얇지만 선명한 직선의 홈이 나 있었다. 그리고 각 면의 중앙에는 홈을 향해 위아래에서 화살표가 각인돼 있다.

'이건 좀 흥미롭군.'

세 번째 것은 홈을 따라 상자를 여는 과정을 찍은 것이었다. 홈은 단순한 장식이 아니라 뚜껑과 본체를 나누고 있는 접합부였다. 사진에는 작은 끌로 화살표가 가리키는 부위를 비틀며 암석으로 된 뚜껑을 여는 장면이 담겨 있었다. 편지에 따르면 네 면을 모두 여는 데 10분 정도밖에 걸리지 않았다고 한다. 상자의 정교함은 물론 개봉 과정의 단순함에서 제작자의 배려와 지성이 배어났고, 그 점이 지금까지 그에게 전달되었던 온갖 괴상한 사진들이나 억지스러운 설명들과는 다소 다른 느낌을 주었다.

네 번째 사진은 열린 상자의 내부를 보여 주고 있었다. 조금 전에 열린 상자 안에 금속으로 된 또 다른 상자가 들어 있었다. 세월의 풍화를 감추지 못하던 돌 상자와는 달리, 작업용

조명을 받아 번쩍이는 은색 금속 상자는 고등 문명의 자취를 여과 없이 드러냈다. 편지에는 다음과 같은 설명이 적혀 있었다.

'이 사진을 찍은 후 금속 뚜껑에 손을 대자 저절로 열렸습니다.'

그리고 다음 사진은 뚜껑이 들려 올려진 금속 상자의 모습이었다. 그 속에 바로 지금 란도의 테이블 위에 놓여 있는 원반과 종이 등이 차곡차곡 정리되어 들어 있었다. 사진을 모두 본 후 마투는 직감적으로 심상치 않음을 느꼈고, 다음 날 바로 실물을 보기 위해 바다를 건넜다. 그리고 몇 개월간의 연구 끝에 잠정적인 확신을 갖고 물건들을 이곳까지 직접 가져온 것이었다.

"이 금속 상자를 보십시오, 란도. 아뇨, 직접 만져 보셨으면 합니다."

란도는 마지못해 손을 뻗어 빛나는 금속의 표면 위로 손가락을 미끄러뜨렸다.

"매끄럽군요. 이 쇠의 재질은 뭐죠?"

"그걸 모르겠습니다. 우리가 만들 수 있는 것은 아닙니다."

란도가 무심한 얼굴로 상자를 바라보며 말했다.

"누군가는 만들 수 있을지도 모르죠. 세상에는 재주 있는 사람이 많더군요."

"란도."

비록 예의를 잃지는 않았지만, 마투의 목소리가 자기도 모르게 조금 높아졌다.

"설사 그렇다 해도, 이 물건들이 3만 년 전 지층에서 나왔다는 점은 변하지 않습니다. 아시다시피 당시에는 이런 것을 만들 수 있는 문명이 존재하지 않았습니다. 아니, 문명은커녕 인류 자체가 존재했다는 증거도 없죠. 다시 말해 이걸 만든 자들은 우리의 지식 밖에 존재한다는 말입니다."

란도는 조용히 물체들을 응시했다.

"이 종이에 적힌 기호들은 해독되었습니까?"

"그게… 어떤 언어학자도 본 적이 없는 기호라고 합니다. 문자일 것이라고 짐작만 하고 있어요."

"이 원반들의 용도는 뭐죠?"

질문을 받자 마투는 기다렸다는 듯이 원반 하나를 조심스레 테이블 빈자리에 올려놓았다. 그리고 옆쪽에 놓여 있던 열차처럼 생긴 물체를 집어 들었다. 아래에는 작은 바늘이 붙어 있었다.

"그 점은 생각보다 쉽게 알아낼 수 있었습니다. 여기 보시는 것처럼 종이에 그림이 그려져 있습니다. 이 그림대로 바늘이 붙은 이것을 원반의 끝에 놓아 보았죠."

마투가 장치를 원반에 올리자 원반의 홈을 따라 마치 실제 열차처럼 회전하기 시작했다. 그리고 장치 위쪽에서 또렷한 소리가 들려왔다.

"이게 대체 뭡니까?"

"들으시는 대로 녹음된 소리입니다. 사람의 목소리와 음향학적 특성이 같다는 점은 전문가들을 통해 확인했습니다."

"인간의 언어가 아니군요."

"정확히 말하자면 현대인의 언어가 아닌 거죠. 제 생각에는 고대인들이 우리에게 말을 걸고 있는 것으로 보입니다."

란도의 얼굴에 냉소적인 빛이 스쳤다.

"고대인이라. 인류가 존재하지도 않던 시절의 지층, 인류가 알지도 못하는 금속 그리고 해독 불가능한 언어와 문자. 그런데 이게 고대인의 것이라면 우리가 지금껏 그런 문명이 있었다는 사실을 전혀 몰랐다는 말씀입니까?"

"잊어버렸던 것이겠죠. 하지만 전혀 몰랐다고만 볼 수는 없습니다. 이 유물을 연구하다 보니 제가 오랫동안 무시했던 제보들 중 상당수가 실은 초고대 문명의 증거였다는 생각이…."

"그만하시죠."

란도가 특유의 단호함으로 말을 잘랐다.

"당신 같은 존경받는 학자가 이제 와서 이단 같은 주장에 빠져드는 게 이해되지 않습니다. 이런 것을 조작하고 숨겨 놓는 일이 뭐가 그렇게 어렵겠습니까. 그런 일은 늘 있었지 않았나요? 인류가 본 적 없는 금속이니, 만들 수 없는 장치니 하는 것들이 등장한 적이 한두 번입니까. 모두 다 근거 없는 것으로 밝혀졌고, 그 사실을 증명해 온 사람이 바로 마투 박사, 당신 아닙니까."

사실이었다. 과학자로서 과거에 그는 조작된 유물과 유적 등 각종 증거의 허구성과 비과학성을 드러내는 데 많은 노력을 기울였다. 나아가 그런 활동을 통해 현재의 역사학과 인류학을 정리하는 데 이바지한 중심인물 중 하나가 바로 그였다.

"그렇습니다. 그랬지요. 하지만 지금은 좀 생각이 다릅니다. 백 가지가 거짓이라고 해도 그중 하나는 진실일 수 있죠. 특히 아직 지구 역사에는 풀지 못한 수수께끼들이 너무 많습니다. 왜 갑자기 인류와 문명이 출현했는지 그리고 1만 년 전에 있었던 대전쟁 때 어떻게 그런 엄청난 규모의 파괴가 가능했는지, 지금의 우리는 왜 그런 기술이나 무기들을 갖고 있지 않은지…. 모두 제 연구 주제들이지만 진정 확실한 답을 아는 사람은 실은 아무도 없습니다. 이게 바로 그 답을 품고 있을지도 모른다는 생각이 들어요."

"마투."

냉정함인지 차분함인지 구별하기 힘든 낮은 목소리로 란도가 말했다.

"당신이 말하는 그 3만 년 전이라는 때 세상에는 아무것도 없었습니다. 지구와 인류가 만들어진 것이 그 이후이니까요. 역사가들과 신학자들이 이미 밝혀낸 사실을 지금 다시 말하는 것 자체가 시간 낭비라는 생각이 드는군요.

"하지만…."

"맞아요. 1만 년 전 대전쟁의 증거를 찾아낸 사람은 다름 아닌 당신의 아버지였죠. 그렇지만 천문학자들이 비슷한 시점에 마침 지구 외부에서 소행성 충돌이 있었다고 결론을 내리지 않았던가요. 그 당시 엄청난 파괴는 전쟁 때문이 아닙니다. 석기시대의 인류가 그런 파괴력을 보유했을 리 없으니까요. 다른 사람도 아닌 당신이 이렇게 내심 엉뚱한 생각을 하고 있었다니!"

"그 주장은 증거가 충분하지 않습니다. 오히려 남은 흔적들은 그 소행성 충돌이 지구에 큰 영향을 줄 만큼 강력하지 않았다는 점을 보여 줍니다. 그래서 그 문제에 대한 반론이 아직까지도 많은 학자들을 통해 제기되고 있지 않던가요. 과학이란 것은…."

"과학이란 것은!"

란도가 그답지 않게 목소리를 높였다.

"출처도 불분명한 잡동사니를 들고 와서 지금껏 인류가 정리해 온 세계관과 정체성을 뒤집기 위한 것이 아닙니다. 아니, 사실 과학은 지구와 인류가 수만 년 전 전능한 신들에 의해 창조되고 선택받은 존재라는 점을 오히려 확실히 증명해 왔지요. 과묵한 지구조차 그 점만은 분명히 언급해 주었습니다."

"지금 그것을 부정하려는 게 아닙니다."

란도는 크게 한숨을 내쉬더니 천천히 일어섰다.

"잠깐 뜰에 함께 나갑시다."

마투는 마지못해 그를 따라 뜰로 내려섰다. 어느새 어둑해진 하늘에는 별이 가득히 빛나고 있었다.

"과학적 증거가 바로 저기 있습니다. 우리 천문학자들은 수백 년간 저 하늘에 비치는 별들의 움직임을 면밀히 관찰하고 또 기록해 왔습니다. 지구 표면으로 나가 별들을 직접 바라보기도 했지요. 그렇게 우리는 지구의 바닥, 즉 땅과 바다 아래쪽 너머도 별로 가득 차 있다는 사실을 확인했습니다. 그리고 그 과정에서 천문학자 대부분이 성직자가 되었어요. 종교적 계시나 기적을 보았기 때문이 아니라 과학 관측의 자연스러운 결과였습니다. 이 우주에서 지구처럼 움직이는 천체는 오직 하나뿐이라는 사실을 확인했으니까요."

"다른 천체는 모두 지구와 반대 방향으로 움직이거나 뭔가를 중심으로 공전하고 있죠."

란도는 하늘에서 눈을 떼지 않고 말을 이었다.

"이제는 어린아이들도 아는 진실이죠. 그래요. 우주의 모든 다른 것들은 저 공통의 법칙에 묶여 있습니다. 하지만 우리 지구만은 이렇듯 자유롭게, 독립적으로 움직이고 있어요."

"한 방향으로만 움직이고 있으니 자유롭다고 볼 수는 없습니다만."

마투가 중얼거렸다. 란도가 그런 그를 휙, 돌아보았다.

"이단적인 언행은 조심하는 게 좋겠군요. 그것은 우리가 천국을 향해 가고 있기 때문이라는 사실을 잘 알고 있지 않습니까. 신들은 우주의 다른 천체와 구별되는 형태와 성질로 이 위대한 지구를 만들었고 인류를 창조했으며 지옥에서 구출해 천국으로 소환했지요. 우리는 그저 깊은 신심으로 그들의 부르심을 따라야 합니다."

"란도. 제가 발견한 것들은 그 믿음과 모순되는 것이 아닙니다. 어쩌면 이 발견 속에 전쟁 전에 살던 사람들이 남겨 놓은 농업이나 건축 기술 혹은 생존의 지혜 같은 것이 담겨 있을지도 모릅니다. 현실을 직시하세요. 우리의 어머니 지구가 인류와 대화를 중단한 후 지난 20여 년간 기아와 질병, 혼란으로 전 인구의 3분의 1이 목숨을 잃지 않았습니까. 유사 이래 언제나 식량, 물, 공기, 살 집과 편리함을 제공하던 지구가 이제 그 일을 멈춘 것이 분명합니다. 이런 식이라면 천국에 도달하기는커녕 머지않아 인류는 멸종하게 되는 운명을 맞게 될 것입니다. 제가 최고 신관인 당신을 만나러 온 것도 바로 그런 이유에서입니다. 이 연구는 우리에게 새로운 탈출구를 제시할 수도 있어요!"

란도가 마투의 눈을 정면으로 바라보며 말했다.

"신들이 지구를 통해 인류에게 고난을 주고 계시는 거지요.

믿음과 신념을 저버린 우리의 죄가 그만큼 깊기 때문일 겁니다. 마투 박사. 우리는 어떤 경우에도 당신의 그 잡동사니에서 얻은 정보나 지식을 믿고 정책이나 방침을 정하지는 않을 겁니다. 이제 그만 돌아가 보시오."

마투는 불쾌하고 갑갑한 마음으로 한숨을 내쉬었다. 란도와 대성전의 지원을 받을 수 있다면 연구에 속도를 낼 수 있었을 것이다. 하지만 절망할 이유는 없다. 독립적인 연구를 통해서도 성과를 내고 자신의 명성을 활용해 사람들을 설득할 수 있을 것이다. 그는 란도를 뜰에 남겨둔 채 말없이 유물을 가지러 방으로 돌아왔다.

그러나 테이블 위는 텅 비어 있었다.

"란도!"

란도가 아무 일도 없었다는 듯이 조용히 걸어 들어왔다.

"유물을 빼돌린 것입니까!"

"혼란과 불신을 조장하는 쓰레기를 치우도록 했을 뿐이오"

마투는 분노와 배신감을 못 이겨 란도에게 달려들었다. 그러나 어디서 나타났는지 경호원들이 팔과 허리를 붙잡고 제지했다. 그는 몸을 비틀며 소리쳤다.

"란도! 당신에게는 이럴 권한이 없어!"

"나는 최고 신관이오. 모든 권한을 갖고 있지."

"그렇다면 당신의 신들에게 기도해서 지구를 좀 고쳐 달라고 해!

날로 공기가 오염되고 있고 비도 내리지 않아서 더는 식물도 자라지 않는 이 척박한 세상을 살려 내라고 말이야! 이 상태로 인류는 몇 십 년도 버티지 못해! 백만이 넘는 인구가 다 죽을 거라고!"

"마투 박사를 배웅해라."

란도가 경호원들에게 차갑게 말했다. 마투는 경호원들의 억센 손에 끌려 문밖으로 내던져져 뒹굴었다. 철문이 닫히고 이어 빗장이 걸리는 소리가 육중하게 울려 퍼졌다. 다행히 종이에 적힌 기호는 따로 복제해 놓았고 음성도 따로 녹음해 두었다. 그래서 연구는 계속할 수 있겠지만, 어떤 결과를 얻어내든 3만 년 전에 묻힌 실제 유물이 없다면 아무도 설득하지 못할 것이다.

마투는 땅바닥에 앉은 채로 밤하늘을 올려다보았다. 저 많은 별들도 지구처럼 원통 형태일까? 내부에는 생명이 살고 문명을 이룩했으며 자신들의 현명한 별과 대화하고 있을까.

우리는 어째서 저 모든 것들과 다른 방향으로 움직이고 있는 것일까. 하지만 인류는 그 신비를 깊이 탐구할 기회도 갖지 못한 채 사라져 갈 것이다. 불타 죽을 운명이었던 인류가 구원받아 낙원을 향하고 있다며 기도나 해서는 아무도 구할 수 없으니까. 알파 센타우리라는 이름의 신화 속 망상에 기대서는.

뒷설

〈세대 차이〉의 배경을 상상하는 것은 그리 어렵지 않다. 우리 인류의 역사를 돌이켜 보면 된다. 인류가 소위 '역사시대'로서 다소나마 구체적으로 기억하는 것은 길어야 5천 년 정도다. 그 이전으로 가면 역사와 신화가 뒤섞인 선사시대라는 세상이 등장한다. 간혹 1만 년 혹은 그 이전 유적들이 등장하기도 하지만 그것을 만든 문명이나 유적들의 의미는 단지 그럴듯한 추측이 가능할 뿐이다. 그런 추측이 사실인지 아닌지는 아무도 알 수 없다.

세대 우주선에서도 결국 같은 일이 벌어질 것이다. 처음 몇 백 년은 왜 이 우주선을 만들었는지, 목적지가 어디인지,

승무원과 탑승객들은 무엇을 해야 하는지 등이 어느 정도 명확하겠지만 세월이 지나면서 상황은 변해 갈 수밖에 없다. 수천 년이 흐르면 처음 기억은 우리가 그리스 신화나 이집트 신화를 기억하는 것처럼 모호해질 것이고, 고대로부터 전해져 내려오는 지식이나 임무 같은 것은 일종의 종교적 관념으로 치부될 것이다.

그러는 과정에서 세대 우주선 내부에서 온갖 정치·사회적 변화가 일어나며 문명이 여러 번 교체된다. 좀 더 세월이 흐르고 나면 자신들이 인공적으로 만들어진 우주선을 타고 있다는 것조차 완전히 잊어버릴지도 모른다. 이 소설은 바로 그런 상황을 염두에 두고 쓴 작품이다. 기나긴 시간이 흐른 뒤 그들이 실제 목표로 삼았던 알파 센타우리는 신화 속의 개념을 넘어 종교적인 차원에서 천국으로 둔갑해 있다. 우주선의 여러 가지 기능들을 유지하던 인공지능도 긴 세월이 흐르면서 조금씩 고장 나서 현재는 제 역할을 거의 하지 못하는 상태다. 이처럼 소설에서는 그나마 선택되어 세대 우주선에 탑승한 인류의 후예들이 무지 속에서 멸망을 앞두고 있는 어두운 상황을 그리고 있다.

굳이 이렇게까지 되지 않더라도 불과 수백 년만 지나도

최초 탑승객들의 후예들은 처음 계획에 반대하고 다른 길을 가게 될 가능성이 크다. 지구를 버리고 떠난 초기 세대들은 인류가 정주할 만한 행성을 찾아 다시 한 번 인류 문명을 거대하고도 화려하게 번영시키고자 하는 강한 의지를 지녔을 것이다. 하지만 여러 세대가 지나고 나서도 과연 그 의지가 그대로 남아 있을까?

세대 우주선이 '집'으로서의 역할을 충분히 수행하고 있는데, 실체를 확신할 수도 없는 미지의 행성을 찾아 수만 년을 여행하고, 그곳에 정착하기 위해서 각종 위험을 무릅쓸 이유가 무엇일까.

세대 우주선은 상대성이론의 광속 한계를 우회한다는 의미에서 기술적으로는 가능할지 몰라도 인간의 심리적·사회적 특성을 무시한 개념이다. 그런데도 인류가 이런 우주선을 만들어 태양계를 떠나야만 할 정도로 지구를 망쳐 버리는 날이 온다면 그야말로 비극이다.

나는 슈뢰딩거의
고양이로소이다

앞설

양자역학은 현대 물리학에서도 가장 난해한 분야다. 그 괴상한 세계관을 명백하게 드러내는 '이중 슬릿 실험'이 있는데, 그 내용을 설명하면 대략 다음과 같다.

— 전자에 감응하는 스크린을 세우고 반대편에 전자총을 설치한다.

— 스크린과 전자총 사이를 단단한 판으로 막고 가운데 세로로 긴 틈새를 하나 뚫는다.

— 전자총으로 많은 수의 전자를 발사하면, 전자들이 이 틈새를 지나 스크린에 틈새의 형태와 동일한 긴 한 줄의 자국을

남긴다.

— 이제 한 개 대신 두 개의 세로 틈새를 뚫는다.

— 그리고 똑같이 전자를 쏘면, 뒤의 스크린에는 웬일인지 두 줄의 세로 자국이 아니라 여러 줄의 무늬가 생긴다. 파동의 간섭무늬와 동일한 형태다.

— 심지어 두 틈새를 향해 한 번에 전자 하나씩만 쏴도 나중에는 파동의 간섭무늬가 생긴다.

— 그러나 이때 전자 하나하나가 어느 틈새를 통과하는지 장비를 연결해 관찰하면 파동성은 사라지고 벽에는 다시 긴 자국이 두 줄 생긴다.

상식선에서 말이 되지 않는 결과다. 전자는 이를테면 작은 공이다. 배팅 연습장에 들어가 있는데 피칭 머신과 나 사이에 틈새가 두 개 있고 공은 그 틈 사이로 날아온다고 치자. 타격 자세를 취하면서 둘 중 어느 틈새에서 공이 날아오는지 보고 있으면 공은 당연히 둘 중 하나를 통과해 날아온다. 내가 배트로 그 공을 치지 않는다면 스트라이크 아니면 볼일 것이다. 그런데 내가 피칭 머신 쪽을 보지 않고 뒤돌아 있으면 '공 하나가 두 틈새를 동시에 통과해' 스트라이크이자 동시에

볼인 결과가 나올 수 있다는 것이다. 이런 일은 일상에서는 절대 일어나지 않는다. 그런데 입자 차원에서는 늘 일어난다.

그렇다면 이걸 설명하는 방법은 하나뿐이다. 우리가 공 같은 덩어리라고 생각했던 전자, 광자 같은 작은 입자들이 실제로는 공이 아닌 것이다. 아니, 정확하게 말하면 사람이 (혹은 검출기 등의 기계가) 구체적으로 들여다볼 때만 공이 되는 거다. 나머지 상황에서는 그냥 흐릿한 파동일 뿐이다. 근데 파동의 성질을 조금이라도 아는 사람이라면 이 지점에서 의 아해진다. 대체 무엇의 파동이라는 걸까?

우리가 잔잔한 호수 표면에 돌을 하나 던지면 그 돌로부 터 동심원 형태의 물결이 사방으로 퍼져 나간다. 그런데 실 은 물이 사방으로 퍼지는 게 아니라 그저 위아래로 움직이 고 있을 뿐이고, 그 위아래로의 움직임, 즉 진동이 퍼지는 것 이다. 당연히 물이 없는 곳으로는 파동이 전달되지 않는다. 따라서 이 파동의 매질은 수면이다. 이처럼 파동이 생기려 면 매질이 있어야 한다. 그래서 이중 슬릿 실험에서도 빛이 나 전자가 파동이 되려면 뭔가 매질이 있어야 할 것 같다. 이 매질로 공기를 떠올리기 쉽지만 이중 슬릿 실험 자체가 진공 상태에서 행하는 실험이니 그럴 수는 없다. 답은, 이 파동-

입자 이중성에서의 파동에는 매질은 없다. 왜냐하면 이 파동은 일반적인 파동이 아니라 '확률의 파동'이기 때문이다. 자, 복잡하다.

이 소위 '확률파'는 입자가 존재할 확률 분포를 나타낸다. 즉, 아까 이중 슬릿 실험에서 측정이라는 활동이 일어나기 전에 광자는 발사 지점과 벽 사이의 가능한 경로 중 어디에든 있을 수 있다. 즉, 하나의 광자가 두 개의 슬릿 중 하나를 통과할 가능성이 같기 때문에 그 너머 벽에는 이 확률파의 간섭무늬가 생기는 것이다.

그런데 슬릿에 기계를 놓고 측정을 하게 되면, 즉 광자 하나가 어느 슬릿을 통과하는지 직접 보면 그 순간에 다른 가능성은 (당연히) 사라지면서 확률파가 붕괴되고 한 개의 굳어진 입자로 정립된다. 따라서 벽에는 평범한 공 자국만 남게 된다. 이 이상한 일이 입자 세상에서는 일상이고 당연한 현상이라는 게 지난 100년 동안 실험으로 반복 검증되어왔다. 이런 것이 인류가 발견한 자연 현상 중 가장 이해하기 어렵고 괴이한 양자역학이다.

이렇듯 양자역학에서는 관찰하는 사람의 역할이 아주 중요하다. 우리가 안 볼 때 물체는, 적어도 아주 작은 세계의 물질들은 확률의 파동 상태일 뿐이고 들여다봐야만 굳어진 입자가 된다니 말이다. 하지만 이건 아무래도 지나친 생각 같다. 우주는 우리의 관찰 따위와는 상관없이 객관적으로 존재해야 하지 않을까.

'슈뢰딩거의 고양이'는 바로 이 문제를 지적하기 위해 고안되었다. 작중에 등장하는 닐스는 닐스 보어Niels Bohr, 1885~1962, 에르빈은 에르빈 슈뢰딩거Erwin Schrödinger, 1887~1961 이다. 두 사람 모두 양자역학의 선구자들이고, 고양이 실험은 슈뢰딩거가 제창한 사고 실험이다. 즉, 생각으로만 하는 실험이라는 뜻이다. 그러나 만약 진짜 이런 실험을 한다면 어떤 일이 벌어질까. 더군다나 고양이의 관점에서 본다면.

나는 슈뢰딩거의 고양이로소이다

내 이름은 미야옹. 열두 살 먹은 초로의 길고양이다.

고양이 세상에서는 많은 일이 일어난다. 우리는 우아한 척도 하지만 본성이 예민해서 사고도 많이 일으키고 싸움도 자주 한다. 날렵하기 그지없는 고양이들이 마음먹고 격투하는 모습을 본 적이 있다면, 몸집이 두 배만 되었어도 통제 불가능한 맹수가 되었을 거라는 사실을 잘 알 것이다. 또 우리는 높은 곳에 쉽게 올라가고 후미진 곳에 잘 숨기 때문에 많은 것을 본다. 캄캄한 밤에 예리한 시력으로 지붕 위나 뒷골목, 자동차 밑에서 바라보는 인간들의 모습은 그들 스스로 상상하거나 그리는 것과는 사뭇 다르다. 그래서 우리는 인간들의 치부와 비밀을 많이 알고 있다. 인간 세상, 지저분하다.

하지만 지금은 그 이야기를 하려는 게 아니다. 고양이인 처지에 굳이 이렇게 글을 쓴다고 나선 것은 이제 살날이 길지 않은 만큼, 오래전에 직접 겪은 기이한 체험을 기록으로 남겨 두기 위해서다. 인간들이 목숨이 아홉 개 있다고 말하는 나 미야옹의 입장에서도 평생의 의문으로 남을 그 경험. 그래서 주변 고양이들에게조차 발설하지 못했지만 어쩌면 머리 좋은 인간들은 이 문제를 풀어낼 수 있을지도 모르니 말이다.

운명의 그날에도 나는 여느 때처럼 본거지로 삼고 있던 슬럼가 작은 건물의 지하실에서 나와 주변을 배회하고 있었다. 겨울의 찬 기운이 완전히 가신 공기는 따스했고 여기저기에서 꽃내음이 퍼져 오던, 기분 좋고 여유로운 저녁이었다. 그렇게 어슬렁거리며 얼마나 돌아다녔을까, 바람을 타고 흘러오는 강렬한 비린내의 유혹에 그만 사로잡히고 말았다. 그 냄새는 평소에 다니던 순찰 코스에서 조금 떨어진, 버려진 공사장 구석에 놓여 있는 빛나는 것에서 풍겨 나오고 있었다.

'저런 곳에 멀쩡한 생선이 있다니?'

당연히 이상하다고 여겼어야 했다. 하지만 신선한 고등어의 유혹을 물리치기에 나는 너무 배가 고팠다. 살금살금 다가가 아무도 없는 것을 확인하고 그 통통한 녀석을 덥석 물어 낚아챘다. 이게 웬 떡이냐. 하지만 다음 순간, 지붕에서부터 커다랗고 두꺼운 그물이 덮쳐 왔다. 나는 고양이 한 마리가 부릴 수 있는 최대의 앙탈과 신경질을 부리고 괴성을 지르며 그물에서 벗어나려 했지만 그럴수록 그물은 더 엉켜 들었고 내 육신은 점점 탈진했다. 급기야 지쳐서 잠시 멈춰 숨을 고르려는 찰나, 갑자기 등에 따끔한 느낌이 들었고 이내 잠이 들고 말았다.

얼마나 지났을까. 나는 누운 상태로 슬그머니 눈을 떴다. 내가 있는 곳은 평소 사랑해 마지않는 상자 속이었다. 상자 안에서라면 우리 고양이 종족은 다들 커다란 행복을 느끼지 않는가. 하지만 그날은 달랐다. 머리가 깨질듯이 너무 아팠고 눈도 침침해서 몸을 전혀 움직일 수 없었다. 예전에 인간들이 마시는 술이란 걸 잘못 먹었던 적이 있었는데 그때보다 더 나빴다. 그리고 상자는 온전히 비어 있는 것이 아니라 한쪽에 불길하게 생긴 장치와 유리병이 있었다. 열린 뚜껑을 통해서 전등 빛이 환하게 눈에 들어왔고, 전등갓 아래에

두 남자가 상자 안에 있는 나를 들여다보았다.

키 큰 남자가 말했다.

"깨어난 것 같은데."

굵은 목소리의 남자가 나지막이 대답했다.

"아직 정신이 들 때는 아닐 걸세."

"하지만 혹시 고양이가 움직이면 예상치 못한 변수가 된다네."

"그럼 주사를 한 번 더 놓아야겠군."

그 말을 들은 나는 얼른 눈을 감고 정신을 잃은 척했다. 저주사가 무엇인지는 알 수 없지만 나를 이 상태로 만든 것을 보면 어쩌면 죽게 할지도 모를 일이다.

'난 너희 인간들이 상상도 못할 것을 봤어. 동네 식료품점 구석에서 타오르던 쓰레기 더미, 트럭에 실려 어둠 속에 반짝이던 H빔도 봤지. 그 모든 순간들이 시간 속으로 사라지겠지. 빗속의 고양이 오줌처럼. 아니, 아직은 죽을 시간이 아냐!'

"다시 기절했군. 추가로 또 주사를 놓을 필요는 없을 것 같네, 에르빈."

"그래, 그럼 실험을 시작하세."

에르빈이라 불린 안경 쓴 남자가 대략 이렇게 말했다.

"이 상자 안쪽 벽에 붙은 작은 장치 속에는 방사성 동위원소가 들어 있다네. 실험이 진행되는 한 시간 동안 원자핵이 자연적으로 붕괴될 확률은 정확하게 50퍼센트라네. 만약 핵분열이 일어난다면 저기 장착된 가이거 계수기가 방사선을 감지해서 이 작은 망치를 작동시킬 걸세. 그러면 그 아래에 있는 청산 가스가 든 병이 깨지게 되지."

한낱 고양이 주제에 어떻게 저런 말을 기억하냐고? 잊지 마시라. 나는 타이핑을 하고 글을 쓰는 천재 고양이라는 사실을.

"그러면 저 고양이는 죽게 되겠지?"

"그렇다네."

…뭐?

"하지만 역시 50퍼센트의 확률로, 만약 한 시간 동안 핵분열이 일어나지 않으면 아무 일도 없고 고양이는 멀쩡히 살아 있을 것이네. 그때쯤이면 마취에서 깨어나 야옹거리면서 움직일 테지."

…음.

"이제 준비가 완료됐으니 뚜껑을 닫게."

"자, 잠깐!

"상자 속에서 일어나는 일을 외부에서 절대 알 수 없도록 철저하게 밀봉해야 하네. 잠든 고양이가 한 시간 정도 숨 쉴 공기는 남아 있을 걸세."

곧이어 두꺼운 금속 상자가 끼익하는 소리를 내며 닫혔고, 그렇게 내 하나뿐인 목숨은—절대 아홉 개가 아니다!—저 빌어먹을 방사성 동위원소가 50퍼센트 확률로 붕괴될지 말지에 전적으로 좌우하게 됐다.

상자 안에는 빛 한줄기도 들어오지 않았다. 제아무리 야간 시력이 좋은 고양이라도 반사되는 빛이 하나도 없는 곳에서는 아무것도 볼 수 없다. 말로만 듣던 칠흑 같은 어둠이란 바로 이런 것이었다. 이제 나는 뭘 해야 할까. 안간힘을 써서 몸을 일으켜 탈출을 시도해 볼까? 아니, 그러다가 이 어둠 속에서 자칫하여 가스가 든 병을 깨기라도 하면 큰일 아닌가. 하지만 그렇다고 50퍼센트의 높은 확률로 다가오고 있는 개죽음을 마냥 기다릴 수만도 없는 일이다. 과연 어떻게 해야 조금이라도 살아날 가능성이 높아질까. 여전히 몸은 꼼짝할 수도 없는 가운데 이런저런 생각으로 머릿속만 복잡해지고 있었다.

그러다가 갑자기 덜컹거리는 소리에 화들짝 놀라 고개를 들었다. 어느새 약 기운에 다시 잠이 들었고 한 시간이 흘러가 버린 것이었다. 곧이어 뚜껑이 열리고 밝은 전등빛이 상자를 눈이 부시도록 가득 채웠다. 무시무시한 망치는 아직 제자리에 붙어 있었고 친절하게 해골 그림을 붙여 놓은 청산가스 병도 깨지지 않고 멀쩡했다. 살았구나. 나는 절반의 확률을 극복하고 이렇게 살아남았다!

에르빈이 다가와 나를 내려다보며 중얼거렸다.

"닐스, 여길 봐. 이 고양이는 여전히 살아 있네."

"그렇군. 하지만 '여전히'라는 말은 정확하지 않은 표현이네."

"왜지? 우리가 관찰할 수 없던 동안에는 고양이가 죽어 있기라도 했단 말인가."

닐스가 자신만만한 어조로 말했다.

"그렇기도 하고 아니기도 하지. 관찰되지 않은 한 시간 동안 고양이는 살아 있으면서 동시에 죽은 상태였다네. 살아 있거나 '혹은' 죽어 있던 게 아닐세. 둘 다란 말이야."

…뭐?

이미 마취가 반쯤 풀려 머리를 들고 조금 움직일 수도

있었지만, 그 말을 들은 나는 어이가 없어 야옹 소리조차 내지 못했다. 내가 이 상자 속에서 살아 있으면서 동시에 죽어 있었다고? 그게 대체 무슨 헛소리란 말인가.

"닐스. 그건 지나친 비약일세. 상식적으로 생각해 보게. 우리가 보지 못했다고 저 고양이가 삶과 죽음을 동시에 겪고 있었다는 게 말이 되나?"

"그럼 구멍 두 개를 한꺼번에 통과하는 하나의 전자는? 또 그것을 관찰하는 경우에는 한 개의 구멍만을 통과하는 것은 상식적으로 말이 되나? 우리는 수십 번의 실험을 통해 그것이 사실임을 알고 있네. 전자와 마찬가지로 모든 존재는 관찰이 실행되는 순간 확정되는 걸세. 저 고양이의 생사가 관찰되지 않은 동안에 고양이의 삶과 죽음은 '중첩'되어 있었던 거지."

내가 기억하는 건 여기까지다. 마취 때문인지 저 말들 때문인지 머리는 깨질 듯이 아팠지만, 다리에는 서서히 감각이 돌아오기 시작했다. 나는 두 사람이 상자 속의 내 생사 여부를 두고 말싸움을 벌이는 동안 슬쩍 상자에서 뛰어나왔고, 열린 창틈을 비집고는 뻣뻣한 몸으로 어렵사리 건물을 빠져나오는 데 성공했다. 그 후에 나는 에르빈과 닐스를 다시 보지 못했다.

　문제는 내가 고양이치고는 지나치게 똑똑한 탓에, 그날 이후 이상한 의문에 빠져들었다는 것이다. 나는 그 상자 안에서 무슨 일이 일어났는지 정확히 알지 못한다. 물론 내가 그 속에 있었던 건 분명한 사실이다. 그리고 살아서 깨어났다. 그렇다면 내가 그 속에서 내내 살아 있었다고 보는 게 상식이다. 하지만 따지고 보면 나는 상자 안에 있던 시간 대부분을 약에 취해 잠들어 있지 않았던가? 그래서 내가 살아 있는 내 자신을 '관찰'하게 된 때는 에르빈과 닐스가 상자를 열고 나를 관찰했던 순간과 같다.

　그래서 한편으로는 어처구니없으면서도 다른 한편으로는 궁금해지는 것이다. 나 자신을 포함해 아무도 나를 관찰할 수 없던 그 시간 동안 혹시 나는 닐스의 말처럼 정말로 살아 있으면서 동시에 죽어 있던 것은 아니었을까? 내 자신이 그 시간의 기억을 갖고 있지 않으니 그런 이상한 상태가 결코 아니었다고 확신하기는 어려운 일 아닌가. 게다가 그들은 다른 실험에서는 비슷한 상황들이 얼마든지 벌어진다고 말하고 있다.

　나아가 더 혼란스러운 점은 나 미야옹이 실은 그때 죽어 없어진 세상이 따로 있을지도 모른다는 점이다. 그 일이 있고 나서 몇 년 후 어느 집 창문을 통해 본 TV에서 나와 비슷한 상황에 놓인 경우 세상이 둘로 갈라질 수 있다는 것을 들었다. 이게 살아 있으면서 동시에 죽어 있는 것보다는 더 그럴듯한 소리일 수도 있단다. 곰곰이 생각해 보면 그 상자에서 나온 후 여자 친구 나비가 갑자기 쌀쌀맞아진 것 같기도 하다. 내가 예전과는 다른 우주에서 살게 되어서 그런 걸까?

이 의문에 대한 해답은 영영 얻지 못할 것 같다. 이제 너무 늙어서 몸도 힘들고 생각하기도 귀찮아진다. 얼마 지나지 않아 때가 올 테고, 그러면 삶과 죽음이 중첩된 상태가 아닌 순수한 죽음이 내게 찾아올 것이다. 하지만 안타깝다. 내가 만약 그 상자 속에서 다시 잠들지만 않았더라도 그들을, 특히 닐스를 한껏 비웃어 줄 수 있었을지도 모르는데…. 하긴 그래도 그들 덕에 유명해지긴 했지. 인간들의 세상이 사라지지 않는 한 결코 잊히지 않을 단 한 마리의 고양이가 바로 나, 슈뢰딩거의 고양이니까.

뒷설

슈뢰딩거는 양자역학의 핵심 중 하나인 파동함수의 방정식을 만들었지만, 물체가 관찰자의 개입에 의해 비로소 실체로 정립된다는 관점만큼은 그조차도 받아들이기 어려웠다. 그래서 그는 비록 미야옹을 데려다가 진짜 실험을 한 것은 아니지만 논리를 통한 사고 실험을 고안했다. 그 내용은 소설에도 들어 있지만 다시 한 번 살펴보자. 예전에 쓴 책《파토의 호모 사이언티피쿠스》에서 인용해 본다.

여기 방사성 물질이 들어 있는 밀폐된 상자가 있다. 이 물질은 1시간에 50퍼센트의 확률로 핵분열을 일으키는데, 그러면 알파입자가 방출된다. 상자 안에는 가이거 계수기가 들어 있어서 만약 알파입자가 검출되면 연결된 망치가 작동, 청산가리가 든 병을 깨뜨리고 그 가스를 맡은 고양이가 죽는다. 따라서 원리상 고양이의 생사 확률은 반반이 되고, 1시간 후에 상자를 열기 전까지 우리는 이 불쌍한 동물의 운명을 알 수 없다.

일반적인 상식으로 보면 내가 속을 들여다보든 안 보든 고양이는 죽었거나 살았거나 둘 중 하나고, 상자를 열기 전에 그 결론은 이미 내려져 있다. 다시 말하면 객관적인 상황은 이미 만들어져 있는 거고 다만 어느 쪽인지 '우리'가 모를 뿐이다. 하지만 양자역학의 코펜하겐 해석을 적용하면 이 상자 속의 고양이는 관찰자가 상자를 열고 확인하기 전까지는 '죽은 것과 산 것이 중첩된 상태', 즉 Dead or Alive가 아니라 Dead & Alive 상태에 놓여 있다. 개념이 그렇다는 게 아니라 '실제로' 그 상태에 놓여 있다는 게 중요한데, 관찰 행위가 일어나는 순간에 중첩 상태의 파동함수가 붕괴되고 실체가 확립되기 때문이다.

근데 아무리 양자역학의 괴이한 원더랜드라 한들 생물이 살아 있으면서 동시에 죽어 있다고 주장하는 건 분명히 문제가 있다. 슈뢰딩거가 이 예를 들고 온 이유도 실은 코펜하겐 해석의 이런 황당한 면을 반박하기 위한 것이었는데, 복잡하기 짝이 없는

양자역학의 세계에 친숙한 고양이가 동원된 이 사고 실험의
대중성과 상징성 덕에 도리어 양자역학의 흥미로운 세계관을
긍정적으로 소개하기 위해 자주 인용되고 있다.

이 실험에서 양자역학적 관점을 제공하는 건 핵분열 가능
성을 가진 방사성 물질이다. 이 가상의 물질이 분열하는 경
우와 하지 않는 경우의 확률은 5:5로 설정돼 있다. 그래서 뚜
껑을 열고 관찰을 하기 전까지 상자 속은 방사성 물질이 분
열한 상황과 분열하지 않는 두 상황이 중첩되어 있다고 본
다. 그리고는 1시간 후 문을 열어 관찰하면 그 순간 확률파,
즉 파동함수는 붕괴하고 분열과 비분열 중에서 하나의 실체
로 결정된다. 우리가 이미 분열하거나 분열하지 않은 것을
비로소 알게 되는 게 아니라, 이때 그것이 물리적 세계 속에
서 결정되는 것이다. 여기까지는 앞에 등장한 이중 슬릿 실
험을 다른 형태로 만든 거라고도 볼 수 있다.

하지만 이 실험의 특징은 이것이 이중 슬릿 실험처럼 입
자 차원에서 머무르지 않는다는 점이다. 가이거 계수기와 망
치, 청산 가스 등의 장치 덕택에 미시 세계에서의 핵분열이
우리의 일상적 크기 속 사건으로 연결되어 있기 때문이다.

이제 원자 세계에서의 미미했던 움직임은 고양이 미야옹의 생사 여부와 직결된 문제로 발전한다. 따라서 코펜하겐 해석에 따르면 상자 안의 미야옹은 핵분열 가능성의 연장선상에서 살아 있으면서 동시에 죽어 있는 상태여야 한다. 슈뢰딩거는 바로 이런 '삶과 죽음의 중첩' 같은 것은 현실에서 가능하지 않다는 점을 이 사고 실험을 통해 주장하려고 했던 것이다.

이렇듯 양자역학의 최전선에 있으면서 그 해석에 의문을 제기했던 슈뢰딩거와는 다르게 양자역학을 적극적으로 반대하면서 문제를 찾아내려 했던 이는 너무나 유명한 알버트 아인슈타인Albert Einstein, 1879~1955이었다. 그에게 코펜하겐 해석이 주장하는 '관찰자가 확정하는 우주'의 개념은 참을 수 없으리만치 터무니없는 것이었다. 그래서 아인슈타인은 달을 가리키며 "내가 보지 않으면 달은 없다는 건가?"라고 되물으며 양자역학의 관점을 조롱하기도 했다.

그런데 역설적인 것은 아인슈타인의 이런 비아냥이 실은 양자역학의 세계관을 정확하게 설명한 것일 수 있다는 점이다. 물론 '내'가 보지 않는다고 해서 달이 사라지는 건 아니다. 하지만 아무도 보지 않는다면 어떨까. 인간뿐만이 아니라 우주의 어떤 의식체도, 어떤 물질이나 에너지도 달을 보거나 접촉하거나 상호작용하지 않는다면 과연 달은 존재하는 걸까? 무슨 근거로 그렇게 말할 수 있을까? '조금 전 저기 달이 있었기 때문에 지금도 있을 것이다' 같은 주장은 경험에 의한 추론에 불과하다. 갑자기 무슨 일이 발생해서 파괴됐을지도 모르고 실제로 우주에서 그런 일은 일어나기도 한다. 그래서 달의 존재 여부를 지금 이 순간 확인하려면 결국 달을 봐야 한다. 즉, 관찰이 일어나야만 하는 것이다. 그전까지는 달에 대해서 아무도 명확히 알 수 없다.

현대 물리학에서는 이 관점을 더욱 확장하여 관찰자가 없으면 우주 전체가 존재하지 않는다고 매우 진지하게 하는 주장하는 사람들도 있다. 이들은 재야의 아마추어 학자들이 아니라 노벨상급의 석학들이 포함된 주류 물리학자들이다. 노벨 물리학상을 받은 리처드 파인만Richard Feynman, 1918~1988의 스승이자 블랙홀이라는 용어를 처음 사용한 것으로 알려진 존 휠러John Wheeler, 1911~2008는 '참여 우주'라는 개념을 제시했다. 관찰 행위는 본질적으로 피관찰자에게 영향을 줄 수밖에 없기 때문에 참여의 의미를 갖게 되고, 이것은 일종의 상호작용으로서 우주의 존재 자체에 관여하게 된다. 양자역학의 선구자 중 한 사람인 하이젠베르크가 지적했듯이 우리가 관찰하는 것은 자연 그 자체가 아니라 우리의 질문 방식에 따라 도출된 자연인 것이다.

존 휠러의 참여 우주 세계관은 다음과 같다. 빅뱅으로 우주가 시작된 후 시간이 지나면서 우주는 점점 공간적으로 커지고 복잡해져 가고 마침내 의식을 가진 존재, 즉 관찰자가 등장한다. 이 관찰자가 충분한 지적 능력을 갖게 되면서 마침내 어느 시점에는 수십억 년을 거슬러 올라가 우주의 태초를 들여다본다. 그러면서 그는 시공간을 뛰어넘는 관찰자로서 우주를 창조하게 되는 것이다. 어처구니없는 말 같지만 양자역학의 세계관에서는 별로 이상한 것도 아니다.

휠러는 우주의 근원적인 바탕이 원자 같은 물질이 아니라 정보라고도 말한다. 'It from bit'라는 간단한 문장으로 표현되는 이 주장은 우리가 일상 속에서 경험하고 있는 세상이 생각하기에 따라서 일종의 환상일 가능성마저 제공한다. 이런 세계관은 어쩔 수 없이 불교나 힌두교 같은 동양 종교, 즉 반야심경의 '색즉시공 공즉시색色卽是空 空卽是色'이나 우파니샤드의 '마야maya' 등을 떠올리게 하고 실제로 그렇게 연관 짓는 사람들도 있다.

좀 더 현대적인 관점에서 접근하자면, 정보가 근본이 되는 세상이라면 컴퓨터 시뮬레이션이나 게임 세계를 연상할 수도 있다. 예컨대 리니지 같은 컴퓨터 게임 안의 캐릭터들은 물질로 존재하지 않으며 0과 1의 이진수로 만들어진 프로그램일 뿐이다. 하지만 그 속에서는 마치 물질적으로 살아 있는 것처럼 기능한다. 만일 그런 시뮬레이션 속의 캐릭터에게 인공지능을 통한 자의식이 생겨난다면 그들 스스로 자신들이 컴퓨터 속의 비트, 즉 정보로 존재한다는 사실을 알아내기는 매우 어려울 것이다.

하지만 어떤 시뮬레이션 프로그램도 완벽할 수는 없고 일종의 버그나 허점이 존재한다. 혹은 시뮬레이션의 정밀함을 능가할 정도로 그 내부 캐릭터의 지능이 발전할 수도 있다. 사실 매우 단순한 것에서 극히 복잡한 것이 나올 수 있다는 것은 진화론의 기초적 관점 중 하나이기도 하다. 그렇다면 아주 섬세한 탐구를 통해 어쩌면 그 세상에서 살아가는 존재들도 자기들 세상의 빈틈, 혹은 버그를 찾아낼 수 있을지도 모른다. 만약 우리 자신의 정체가 바로 그런 세상에 살고 있는 '정보'라면, 우리는 이제 양자역학을 통해 진실을 발견하기 직전에 도달해 있는지도 모른다.

이제 미야옹의 입장에서 한번 생각해 보자. 슈뢰딩거가 사고 실험을 고안한 1935년에는 동물에 대한 관점이 지금과는 달랐다. 만약 지금이라면 그 자체로서 관찰자가 될 수도 있는 (고등) 생물을 상자 속에 넣는 실험을 제안하지는 않았을 것이다. 이것은 시대적인 한계고 내가 이 실험에 대해 알고 난 이후 내내 탐탁지 않았던 부분이다. 그래서 소설 속에서는 미야옹을 마취시킴으로써 80년 전에 슈뢰딩거가 고려하지 않았던 실험의 불완전성을 픽션으로나마 해결해 보려고 했다. 아무튼 그렇게 미야옹의 삶과 죽음의 중첩 상태는 영구미제로 남게 된다.

그런데 이 고양이의 '스스로 관찰자됨' 문제를 제외하고 보면 저 실험을 어떻게 해석해야 할까. 달과 우주까지 '있고 동시에 없을지도' 모른다면 고양이가 'Dead and Alive'한 상태는 얼마든지 가능하지 않을까. 그렇기도 하고 아니기도 하다. 저 실험은 달리 말한다면 고양이를 포에 장전해서 이중 슬릿에 쏘는 것과 비슷한데, 놀랍게도 실제로 과학자들은 그 비슷한 실험을 하고 있다. 물론 정말로 고양이를 쏘는 것은 아니고, 전자나 광자보다 훨씬 큰 물체를 사용해서 어느 크기까지 입자-파동의 이중성이 나타나는지 보는 거다.

탄소 원자 60개가 모인 풀러렌Fullerene이라는 물질이 있다 (이 물질을 발견한 학자들은 1996년 노벨 화학상을 수상했다). 이 물질은 지름이 1나노미터(10억분의 1미터)쯤 되는데 수소원자의 전체의 지름이 1옹스트롬이니 그 10배쯤 된다. 따라서 수소원자에 포함된 작디작은 전자와 비교하면 농구공과 지구만큼이나 크기 차이가 난다고 봐도 무방하다.

미시세계 기준에서는 거대하다고 할 수 있는 이 풀러렌으로 똑같은 이중 슬릿 실험을 했을 때, 처음에는 입자의 특성만 보였다. 즉 공처럼 한 슬릿으로만 지나간 것이다. 그러나 실험 장치 내부를 더욱 완벽한 진공 상태로 만들어서 다시 실험하자 전자에서처럼 입자-파동의 이중성이 드러났다. 이 실험에 이어 탄소 원자 70개가 모인 분자로도 실험에 성공했고, 2011년에는 구성 원자가 430개나 되는 거대한 분자로도 가능하다는 점이 확인됐다. 그리고 2019년에는 2천 개의 원자를 모은 거대한 분자와 아미노산 15개로 만들어진 체내 합성 고분자 물질을 통해서도 양자적 중첩 상태를 확인할 수 있었다.

결국, 이론적으로는 고양이도 이중 슬릿에 쏠 수 있고, 파동의 간섭무늬를 만들 수 있다는 뜻이다. 다만 물체가 커지면

커질수록 점점 조건이 까다로워진다. 전자나 광자는 워낙 작기 때문에 주변의 것들과 상호작용 없이 쉽게 파동성을 드러낸다. 하지만 그보다 커지면 온갖 다양한 것들과 영향을 주고받아서 완전히 고립되는 것이 어려워진다.

고립되지 않는다는 말은 일종의 관찰자 효과가 일어난다는 뜻이다. 예를 들어 고양이가 '발사'되면서 실험실 벽을 발톱으로 긁는다면 그 소리가 외부와 영향을 주고받기 때문에 관찰자 효과가 일어난다. 그래서 현실 세계에서 이런 실험을 성공적으로 수행하는 건 불가능에 가깝다. 하지만 만약 이것이 가능하다면 두 개의 슬릿을 동시에 지나갈 때 고양이가 스스로 어떻게 느낄지 무척 궁금한 대목이 아닐 수 없다.

그러나 물질은 파동 상태이고 관찰해야만 입자, 즉 실체가 된다는 주장에는 아직도 반대하는 목소리가 있다. 대표적인 것이 평행우주 혹은 다세계 해석이다.

존재하지만 동시에 존재하지 않으며 살아 있고 동시에 죽어 있는 모순을 해결하기 위해 이 이론에서는 모든 확률, 즉 상상할 수 있는 가능성들이 전부 다 실현된다고 주장한다. 따라서 소설 속 미야옹 실험의 경우, 우주 전체가 그가 살아 있는 우주와 죽은 우주의 둘로 나뉘게 된다. 모든 선택이나 갈림길에서 이런 현상이 벌어지고 따라서 우리 우주와 비슷한 우주가 무한히 존재하게 된다는 것이 다세계 해석의 골자다. 소설의 끝에서 미야옹이 여자 친구와 관련된 의문을 가지는 것이 이 점을 농담조로 반영한 것이다.

이처럼 양자역학은 우리의 오감에 따른 인지 능력으로는 영원히 알 수 없었을 작은 세상의 작동 원리와 우주의 본질적인 비밀을 조금씩 풀어내고 있다. 그 비밀의 끝이 과연 어디일지, 색즉시공 공즉시생일지 컴퓨터 시뮬레이션일지 아니면 인류로서는 상상조차 하지 못할 그 무엇일지 그저 흥미진진할 뿐이다. 우리는 어떻게 이토록 괴상한 세상에서 살고 있는 걸까?

유로피언

앞설

인류가 외계 생명체와 조우하게 되는 날은 언제이고, 그 장소는 어디일까? 예전부터 현재에 이르기까지 그 가능성이 가장 높은 후보지는 그나마 지구와 환경이 흡사하고 가까운 곳에 있는 화성이다. 그래서 1975년 미국의 무인 탐사선 바이킹 1호, 2호가 화성에 착륙했을 때 미생물 정도는 곧 발견될 것으로 기대했다. 그러나 이후 40여 년 동안 많은 탐사선이 화성에 착륙했고, 바퀴 달린 로버가 화성 표면을 돌아다니고 있지만 아직까지 박테리아 하나 찾지 못하고 있다. 화성에서 생명체가 전혀 발견되지 않는 이 상황을 천문학자들이 오히려 이상하게 여길 정도다.

그 이전에는 금성도 생명체가 존재할 만한 후보지였던 적이 있었다. 금성은 지구와 크기가 거의 같고 태양과의 거리도 이상적이었다. 금성의 평균 기온은 1960년대까지의 계산으로는 영상 30도 정도로 추정되어 미국 플로리다주와 비슷할 것으로 여겨졌다.

하지만 1962년 미국이 발사한 매리너 2호가 금성에 도착해서 관측한 정보에 따르면 금성은 대기 중 이산화탄소로 극한의 온실효과가 나타나 표면 온도가 무려 400도를 넘고 황산 비가 내리는 열지옥이었다. 그런 곳에서 생물이 산다는 것은 기대하기 어려운 일이다.

이런 상황들을 겪으면서 과학자들의 관심은 태양계 밖에 있는 먼 우주로 향했다. 우주선으로 수만 년이나 걸리는 다른 행성계를 직접 방문할 수는 없지만, 만약 지구와 비슷한 기술 문명을 이룩한 곳들이 있다면 내부 통신용에서부터 외계 문명에 보내는 인사에 이르기까지 다양한 형태의 전파 신호를—우리가 그렇듯이—우주로 방사하고 있을 것이다. 이 신호들은 광속으로 움직이기 때문에 거대한 안테나를 만들면 아주 먼 곳에서 온 신호도 포착이 가능하다. 이런 안테나가 바로 전파 망원경이고, 이렇게 나름대로 합리적인 발상을 통해 외계 문명의 신호를 찾기 위한 세티SETI 프로젝트가 발족되어 지난 40여 년간 활동해 왔다. 그러나 아직까지는 별다른 성과를 얻지는 못하고 있다.

실정이 이렇다 보니 외계 문명은 물론이거니와 외계 생명체라는 것 자체가 우리가 생각했던 것보다 훨씬 귀한 것이고, 어쩌면 지구에서 생명체가 발생하고 진화하여 인류가 출현한 이 현상이야말로 광대한 우주에서도 거의 일어나지 않는 기적일지도 모른다는 생각이 들 법하다. 이런 관점은 외계 생명체 발견과 관련하여 회의적인 시각으로도 연결된다.

그런데 최근 들어 태양계 내에서 기존에는 생각지도 못한 새로운 후보지들이 등장했다. 바로 목성과 토성의 위성들이다. 목성과 토성은 가스로 뭉쳐진 행성이라서 지표면이 아예 없고 액체 상태의 물도 없어서 생명이 살기에 적합하지 않다. 그러나 그 위성들의 경우는 지구나 화성처럼 암석으로 이루어져 있다. 태양에서 너무 멀리 떨어져 있어서 표면 온도가 영하 100도 이하이고 두꺼운 얼음층으로 뒤덮여 있지만, 탐사와 연구 결과 그 얼음층 아래에 거대한 바다가 있을 가능성이 큰 것으로 밝혀졌다. 특히 목성의 위성인 유로파와 토성의 위성 엔켈라두스가 가장 유력한 후보지들이다. 이들

위성에서는 갈라진 얼음 틈 사이로 수증기가 뿜어져 나오는 장면이 사진으로 포착되기도 했다. 이 얼음층 아래의 바다는 깊이가 수십 킬로미터에 이를 것으로 보인다. 비록 크기가 작은 위성들이지만 물의 양으로만 따지면 지구의 모든 바다를 합친 것보다 더 많을 것으로 추정된다.

그렇다면 유추해 볼 수도 있을 것이다. 액체 상태의 바다가 있다는 것은 수온이 물의 어는점과 끓는점인 섭씨 0도에서 100도 사이라는 뜻이다. 압력에 의한 차이 등 여러 변수가 있겠지만 생명체가 살아갈 수 있는 정도라고 미루어 짐작할 수 있다. 그리고 잘 알려져 있듯이 지구에서도 생명은 바다에서 발생했다. 이런 점들을 종합하면, 유로파 같은 천체의 바닷속에는 미생물뿐만 아니라 지구와 마찬가지로 수십 억 년의 진화 과정을 거친 수많은 생물들이 헤엄치고 다닐 가능성이 충분하다. 그리고 어쩌면 그중 일부는 그 환경에 맞는 지적 생명체들로 진화해서 나름대로 문명을 일구고 있지 않을까.

유로피언

우리 유로피언들이 우주로 진출하게 된 이야기를 꺼내자면 그야말로 신화나 전설이 따로 없습니다.

어느 문명이나 처음에는 자신들이 태어나 살아가는 그곳이 세상 전부인 줄 압니다. 물속에서 태어나면 물이 존재하는 것을 모르고 땅에서 태어나면 공기가 존재하는 것을 모르지요. 그 모든 것들이 그냥 '세상'일 뿐입니다.

유로피언들도 마찬가지였습니다. 3차원 환경에서 어째서 높은 쪽에서 날아다니지 못하고 사실상 바닥에 붙어서 살게 되었는지는 정확히 알 수 없습니다. 진화상의 어떤 이유들이라고 알려져 있을 뿐이고 나는 그 분야 전문가는 아닙니다.

사실 고공에 사는 생물들은 전반적으로 몸집이 크고 시력이 발달한 포식자들이 많습니다.

그보다 더 위쪽에는 천구라고 불리는 세상의 천정이 두껍게 덮여 있고, 그 바깥에는 아무것도 없다고 믿었습니다. '아무것도 없다'라는 것은 이해하기 힘들기 때문에 '천구 밖은 무無로 가득 차 있다'는 철학 개념이 등장하기도 했습니다. 멋진 말이지만 지금 생각하면 의미 없는 동어반복이죠.

사실을 말하자면 바깥은커녕 천구까지 올라가는 데 성공한 자조차 없었고, 심지어 천구를 제대로 본 자도 없었습니다. 그럼에도 알 수 없는 이유로 우리는 그것이 존재한다는 것만은 알고 있었죠. 그래서 가끔 이런저런 기구를 이용해 고공으로 올라간 경우가 있었지만 모두 실패로 끝났습니다. 다이달로스와 이카루스의 신화를 떠올리면 이해가 쉬울 것 같군요.

우리는 수만 년, 아니 아마도 훨씬 더 긴 세월을 그런 상태로 살았습니다. 그러나 언젠가부터 과학기술이 발전하기 시작했죠. 인구도 늘어나 대륙 전체로 퍼져 나갔습니다. 포식자들을 사냥하면서 우리가 최상위 포식자가 되었고, 각종 도구와 기계들을 통해 빠르게 움직일 수 있게 되었습니다. 또 강한 힘을 사용할 수 있게 되었으며 원거리에서 통신을 하는 기술도 발명했습니다. 그러다 보니 과학자들의 관심은 어느덧 다시 천구를 향하게 되었습니다.

하지만 과학자 대부분이 고공을 날거나 천구에 도달하는 건 불가능하다고 주장했습니다. 중력, 압력, 밀도, 항력 같은 물리학 용어들이 등장했고 우리들의 육체나 우리가 만든 기계는 자연을 지배하는 힘을 이겨낼 수 없다는 것입니다. 오랜 세월 보아 온 것이 있기 때문에 우리 대부분이 정말 그럴 것이라고 생각하기도 했습니다.

그러던 중 그가 등장했습니다. 그의 위대함을 기리기 위해 이름을 발음하지 않는 것이 우리의 관습이라는 점은 이미 아실 겁니다. 라이트 형제와 치올코프스키와 코룔로프와 가가린과 암스트롱을 합쳐 놓은 것 같은 분이라는 것도 잘 아실 테죠.

그는 원래 뛰어난 물리학자이자 엔지니어였습니다. 고공과 천구에 관심을 갖지 않았다면 아마도 과학기술계의 수장 같은 높은 지위에 올라 여생을 편히 보냈겠죠. 하지만 이상에 매달린 그는 맡은 일을 하면서도 틈틈이 고공을 향해 나아가기 위한 계산과 실험을 게을리하지 않았습니다. 천구까지의 거리를 재고 긴 끈이 달린 실험 장치를 만들어 고공의 실제 높이를 확인했죠. 그리고 그곳까지 올라가려면 추진력이 어느 정도 필요한지, 그런 힘은 어떻게 얻을 수 있는지 연구했습니다. 실로 오랜 세월을 그 준비를 위해 바친 거죠.

가장 문제가 되는 것은 높이 올라갈수록 대기의 압력이, 네, 저희는 그렇게 부릅니다만, 극도로 낮아진다는 점입니다. 우리 몸이 그 변화를 지탱할 수 있는지 아무도 알 수 없었습니다. 전설 속의 비극들은 그렇지 않을 거라는 점을 암시하고 있기도 했죠. 그래서 누군가가 천구에 도달하려고 시도한다면 끔찍하게 고통스러운 죽음을 각오해야만 했습니다. 다른 사람에게 시킬 수 있는 일이 아니었죠. 본인이 직접 할 수밖에 없는 것입니다.

추진체와 관련해서는 나누어 드린 책자에 적힌 제원과 도면을 참고하시기 바랍니다. 설계의 기본 원칙은, 너무 빨리 올라가게 되면 그 변화의 속도를 몸과 기체가 감당할 수 없게 된다는 것입니다. 그래서 적절한 속도를 유지하는 것이 무엇보다 중요하고, 강력한 선체를 제작하는 것이 필수적입니다. 물론 천구에 도달할 수 있을 만큼 지속적인 상승력을 낼 수 있어야 하고요.

그리고 몸을 보호할 수 있는 특수복 제작도 중요했습니다. 압력 변화를 완전히 막을 수는 없지만 특수한 기체와 액체를 주입해 그 충격의 정도를 최소화하는 기술이었죠. 이 모든 것을 한 사람이 해냈다는 것은 그야말로 기적 같은 일입니다.

또 한 가지, 결과적으로 가장 중요했던 것은 통신 수단을 강구하는 것이었습니다. 우리가 평소에 사용하는 통신 장비들은 낮은 압력에서는 효과가 매우 떨어질 것으로 예상되었습니다. 지금은 그렇지 않다는 사실을 알고 있지만 그는 무척 신중했지요. 그래서 천구에 도달하고도 남을 길이의 통신선을 기체와 땅에 연결해 끌고 올라가기로 결정했습니다. 저는 이 지점이 역사의 진정한 변환점이라고 생각합니다. 만약 그가 이 통신선을 설치하지 않았다면 지금 이 자리는 개최될 수 없었을 테니까요.

운명의 그날, 모든 준비를 마친 그는 선체에 탑승하고 엔진을 가동했습니다. 당신들 말로 하자면 '천구로 가는 배'라는 명칭인데 참 건조한 이름입니다만 그런 건 중요하지 않죠. 고공으로 조금씩 올라가면서 그는 많은 이야기들을 지상으로 전하기 시작했습니다. 생전 처음 보는 생물들, 크기도

하고 작기도 하고 자유롭게 날아다니는 각종 3차원 생물들에 대한 증언만으로도 우리 모두가 흥분했죠.

하지만 그는 때마침 우리 세계에 들어와 있던 당신들의 탐사선은 보지 못했습니다. 만약 그가 그것을 보았다면 어땠을까 상상하지 않을 수 없죠. 그랬다면 엄청난 흥분과 각성이자 축복이었겠지요.

그다음, 우리 모두가 잘 아는 사건이 벌어집니다. 그의 원래 계획은 천구에 도달해서 그것을 가까이서 관찰하고 통신선을 통해 설명하고, 가능하다면 선체 밖으로 나가 고공을 유영하며 약간의 샘플을 채취해 돌아오는 것이었습니다. 그런데 놀랍게도 천구는 완전히 닫혀 있지 않았습니다. 천구 구석구석에 열린 틈새가 꽤 많이 있었죠. 그리고 그 틈으로 압력이 지극히 낮은 바깥을 향해 우리 세계의 물질들이 분출되고 있었던 것입니다.

그 사실을 몰랐던 그는 기체 밖으로 유영을 나갔죠. 물론 통신선을 매달고 말입니다. 그는 천구 바닥을 만지고 샘플을 긁어내면서 그 과정을 전부 전 세계에 생생히 알려 주었습니다. 우리 모두 숨을 죽이며 그의 중계를 들었지요. 그다음에 일어난 일은 그때 녹음된 음성으로 들려드리겠습니다. 저희말로 나오지만 자막을 통해 이해하실 수 있을 겁니다.

"잠깐. 우측에 소용돌이 같은 게 보인다. 물질들이 위쪽으로 빨려 올라가는 것 같다. 가까이 접근해 보겠다."

"너무 위험하다. 샘플만 채집해서 돌아오는 게 좋겠다."

"아니다. 여기까지 온 이상 직접 확인해야 한다."

"안전에 각별히 유의하고 너무 가까이 접근하지 말기 바란다."

"알았다. 음. 소용돌이가 맞다. 매우 빠르고 규모가 꽤 크다. 일부 생물들도 빨려 올라가는 것으로 보인다."

"놀랍다. 이제 기체로 귀환하라."

"잠깐만. 이건 정말 굉장하다. 어떻게 이런 힘이 생겨날 수 있지? 저 바깥에 뭐가 있기에, 대체 저 물질들은 어디로 빨려 나가는 거지?"

"빨리 선체로 돌아가라. 한 번에 모든 것을 알려고 할 필요 없다."

"조금만 더…. 이건 우리가 한 번도 본 적이 없는 현상이다. 이건 기적이다. 소용돌이가 점점 커지고 있다. 이 거대한 힘! 이 엄청난 소리. 지상에서 가끔 들었던 천상의 소리가 바로 이것이었나? 들리나?"

"들린다. 이제 빨리 선체로 돌아와 지상으로 복귀하라."

"아아!"

"무슨 일인가! 즉시 귀환해!"

"이미 몸이 빨려 올라가기 시작했다. 늦었어. 하지만 느낄 수 있다! 저 바깥에 뭔가가 있어! 바깥에 뭔가 있어! 그렇지 않고서야 이런 일이 일어날 수는 없다!"

"요룩!"

"아아! 빠르다! 지상! 내 말을 놓치지 마라. 내가 보는 것을 모두 말할 테니 놓치지 마라! 나는 지금 틈새로 들어와 있다. 정신을 잃을 정도로 빠르게 올라가고 있다. 다른 생물들도 함께 빨려 올라간다. 좌우로 반투명한 벽이 보인다. 성분은 알 수 없지만 단단한 고체로 보인다."

여기서 꽤 오래 통신이 두절되었지요. 우리 모두 그가 죽었을 것이라고 생각했습니다. 하지만 잠시 기절했을 뿐이었죠. 이제 남은 부분을 더 들어보시죠.

"지상! 지상! 출구에 거의 다다른 것 같다. 느낌이 있다!"

"살아 있었던가! 살아 있었나!"

"잠깐 정신을 잃었다. 압력 때문인지 몸이 무척 아프다. 하지만 살아 있다. 모든 것을 보고 있다."

"너는 영웅이다, 요룩!"

"지상! 들리나? 이제 천구를 뚫고 나온 것 같다. 뚫고 나왔다. 그런데 몸은 계속 솟구친다. 아아! 이것은! 이것은!"

"뭘 보고 있는가!"

"형언할 수 없다… 형언할 수 없다…. 바깥은 무로 가득 차 있는 곳 따위가 아니다! 저 거대한 물체는… 크기를 짐작할 수도 없는 거대한 구가 아주 가까이 있다! 너무나 아름답고도 두렵다. 그리고…."

"그리고?"

"공간을 가득 채운 형형색색의 점들… 아주 멀리 있는 것 같이 보이는, 수백 개, 아니 수백만 개의 점들…."

"점이라고?"

"너무 아름답다. 너무나 아름다운 무수한 점들이 있다. 그리고 저 거대한 구체, 우리 중 누구도 꿈에서조차 보지 못한 아름다움이다. 이것이 세상의 진실이었다. 지상. 듣고 있나. 이 아름다움이 진실이야! 아아, 하지만 더 오래 볼 수는 없구나."

"요룩!"

"이제 나는… 이제 나는…. "

여기까지입니다. 그가 죽어가며 남긴 저 마지막 말이 그 날 이후 우리 문명의 모토가 되었죠. '이제 나는 도전할 것이다.' '이제 나는 앞으로 나아간다.' '이제 나는 그를 따라 밖으로 향할 것이다.' 많은 이들이 저 말 뒤에 각자 처지에 맞는 말을 붙여 쓰게 되었습니다. 이 형식의 선언은 우리 사회에서는 큰 책임과 존중을 의미합니다.

하지만 그의 영웅적인 탐사와 희생에도 불구하고, 당신들과의 놀라운 우연이 아니었다면 지금 이 자리는 없었겠죠. 마침 그 시점에 당신들이 보낸 무인 탐사선이 얼음 틈새 안으로 들어와 고공의 물속을 돌아다니고 있지 않았다면, 그리고 천구를 향해 올라가던 그의 선체를 보지 못했다면, 당신들은 이 유로파의 얼음 천정 아래 깊은 수중 바닥에서 우리가 문명을 이루고 사는 것을 미처 알지 못한 채 돌아갔을 테니까요.

그다음은 만남과 친선, 교류의 이야기죠. 당신들은 바닥으로 내려왔고 우리에게 우주에 대한 많은 것을 알려 주었습니다. 우리도 용기를 내어 많은 한계를 극복하면서 얼음벽 밖으로 나오기 시작했죠. 그리고 그가 목숨을 바치며 대우주를 처음으로 본 지 정확하게 200년이 지난 오늘, 유로파의 지도자인 저는 우리가 공동으로 개발한 지구와 목성 사이, 이 소행성 세레스의 수중 기지에서 기념 연설을 하는 영광을 얻었습니다. 당신들에게도 200년 전 오늘은 드넓은 우주에서 당신들이 혼자가 아니라는 사실을 알게 된 역사적인 날이기도 합니다.

지구인 여러분. 태양계 주민의 일원으로 다시 한 번 친선의 말씀을 전합니다. 우리는 유로피언입니다.

뒷설

바닷속이 세상의 전부인 줄 알던 유로파 해저 문명의 과학자인 요룩은 얼음 바닥에 도달하고 그 틈새를 통해 우주 공간으로 나와 유로파의 모성인 거대한 목성과 광활한 우주를 바라보았다. 그는 아주 짧은 시간만 살아남았을 뿐이니 어떤 의미에서는 비참한 최후를 맞이했다고 볼 수도 있다. 하지만 죽기 직전 그가 느꼈던 흥분과 충격, 경이감은 죽음을 감내할 만큼 충분한 가치가 있었을 것이다.

소설 속에서는 지구에서 보낸 탐사선이 때마침 그 근처 바닷속에 있었고 요룩의 활동을 감지한 것으로 그려져 있다. 이런 일이 정확한 타이밍에 일어날 가능성은 매우 적지만,

실제로 미항공우주국 나사NASA와 유럽연합 유럽우주국ESA은 유로파에 무인 탐사선을 보낼 계획을 세우고 있다. 얼음 표면에 착륙해서 조사하는 것은 기본이고, 얼음을 뚫고 들어가거나 존재하는 틈새 옆에 착륙시켜 표면 아래로 탐사 잠수정을 내려보낼 계획까지 고려하고 있다. 잠수정이 바닷속에 들어가 사진을 촬영하고 유선으로 표면에 대기하고 있는 탐사선으로 보내면 그 사진을 다시 무선으로 지구에 전송하는 방식이다. 그 사진들에 과연 무엇이 찍힐지 그야말로 궁금하지 않을 수 없다. 요룡과 해저 문명은 아니더라도, 물고기나 새우 같은 것 하나만 사진에 담기더라도 인류가 세상을 바라보는 방식은 완전히 달라지게 될 것이다.

인형들의 천국

앞설

이세돌과 알파고의 바둑 대전 이후 인공지능AI은 이제 먼 미래의 상상이 아닌 오늘의 현실로 우리에게 다가왔다.

인공지능은 많은 직업과 일자리가 사라질 거라는 걱정에서부터 인류를 지배할지도 모르는 인공지능의 욕망에 대한 공포, 인간의 궂은일과 복잡한 문제들을 다 해결해 줄 거라는 기대에 이르기까지 다양한 감정과 반응 그리고 전망을 낳고 있다.

우리 대부분은 알파고와 이세돌의 대국이 끝난 이후 알파고가 어떻게 되었는지 잘 알지 못하고 관심도 없다. 그러나 그 후 짧은 기간 동안 알파고는 당시와는 비교도 할 수 없을 만큼 엄청난 발전을 이루었다. 2017년 5월, '알파고 마스터'는 세계 바둑 랭킹 1위인 중국의 커제 9단에 도전했고 세 차례 연속으로 완파하며 인간이 바둑에서 더는 인공지능의 적수가 아님을 증명했다. 그리고 불과 몇 달 뒤 10월에는 알파고의 새 버전인 '알파고 제로'가 등장했는데, 바둑을 처음 시작한 지 70시간 만에 이세돌을 이겼던 '알파고 리' 버전을 상대로 100전 100승을 거두었다. 이후 40일에 걸쳐 스스로와 2,900만 판을 둔 뒤에는 커제를 꺾은 알파고 마스터를 100전 89승 11패로 격파했다. 그러나 이런 압도적인 전적보다 더 놀라운 것은 알파고 제로는 이전 버전들과 달리 인간의 기보를 전혀 참고하지 않고 단지 바둑의 룰만 입력된 상태에서 이런 능력을 보였다는 것이다.

알파고의 진화는 여기에서 그치지 않는다. 얼마 지나지 않아 구글 딥마인드는 알파고 제로에서 바둑을 의미하는 표현 '고'를 뺀 '알파 제로'를 선보였다. 기존 알파고가 바둑에 국한된 것과 달리 다양한 게임에 적용될 수 있도록 업그레이드되었다. 이렇게 새로 탄생한 알파 제로는 일본 장기인 '쇼기'의 룰을 입력하고 강화 학습시킨 결과 단 2시간 만에 세계 최강의 쇼기 인공지능 '엘모'를 이기고, 이어 4시간 만에 세계

최강의 체스 인공지능 '스톡피시'를 격파해 버린다. 바둑에서는 이세돌 9단과 대결한 알파고 리를 이기는 데 8시간이 소요됐고, 단 24시간 만에 무적으로 여겨졌던 알파고 제로마저 넘어서고 만다.

이는 기존의 경험 데이터가 전혀 없는 온갖 영역에서 인공지능이 인간을 뛰어넘는 해결책을 제시할 수 있는 가능성을 보였다는 뜻이다. 인공지능이 이런 능력을 갖게 되면 데이터를 입력하고 인공지능을 훈련시키는 인간의 역할조차 필요 없게 되고, 알고리즘만 짜놓으면 인공지능이 스스로 문제를 해결하는 시대가 올 것이다. 그런 관점에서 이제 인공지능의 범용화는 상당히 빠르게 진행될 것으로 보인다. 인류 문명이 그간 골머리를 앓아 온 난제들, 즉 빈곤, 기아, 질병, 범죄, 전쟁 등 온갖 고질적인 문제들에서 인공지능은 인간보다 훨씬 합리적인 답을 찾아낼 수 있을 것이다. 다만 그 답을 얻기 위해서는 예상보다 큰 대가를 치러야 할지도 모르고, 그 결과도 우리의 기대와는 완전히 다른 방향일 수 있다.

인형들의 천국

내가 지구 행성에서 경험한 일을 설명하기는 쉽지 않습니다. 믿기도 어려운 이야기지만 그만큼 전달하기도 어렵기 때문입니다. 잘 아시는 것처럼 우리 행성은 수백 년간 생명체가 존재할 만한 주변의 여러 행성계에 무인 탐사선을 꾸준히 보내왔습니다. 그중 몇몇은 박테리아에서 연체동물에 이르기까지 다양한 생물을 발견하는 쾌거를 올리기도 했습니다. 이런 행성에 연구팀을 파견해 우주 속에서 환경에 따라 생물들이 어떻게 태어나고 진화하는지에 대한 무수한 학문적 성과를 거두었지요. 그 무인 탐사선 중 하나가 평범한 주계열성 주변을 지나다가 문제의 행성을 발견했던 것은 다들 아시는 바와 같습니다.

그 행성, 지구는 아주 특별한 곳이었습니다. 우리가 발견한 행성 중 유일하게 고등 기술 문명이 존재하고 있었습니다. 그들이 오무아무아라고 불렀던 무인 탐사선이 우리에게 돌아와 지구에 과학기술 문명이 존재한다는 증거와 데이터를 전하는 데는 수십 년이 걸렸고, 우리가 다시 그곳을 향해 유인 탐사를 떠나는 데도 다시 그 정도의 시간이 걸렸습니다. 그래서 우리와 지구인과의 첫 번째 만남은 첫 확인 후 100여 년이 흐른 뒤였죠.

우리 탐사대로서도 외계 문명과의 접촉은 처음이었습니다. 논의 끝에 지구의 중심 지역에 공개적으로 착륙하는 것이 가장 효과적이고도 부작용을 줄일 수 있는 방법이라고 결론지었죠. 그들에게는 상당한 사회적·심리적 충격이 있겠지만 비밀스럽게 접근하는 것보다는 이쪽이 덜 위험하다고 판단했습니다. 그래서 우리가 착륙지로 택한 곳은 지구에서도 많은 인구가 모여 사는 도시인 서울의 중심지로서, 유동인구와 도시 인프라가 최상인 가리봉동이라는 곳이었죠.

그런데 뜻밖에도, 지구인들은 도시 상공에 나타난 거대한 우주선을 보고도 동요하지 않았을 뿐 아니라 놀라울 정도로 침착하고도 친절하게 우리를 맞이했습니다. 우리를 상대하는 지구 측 대표의 이름은 마이사였는데, 두 눈과 팔다리를 두 개씩 가진 생물이었죠. 그의 말에 따르면 이미 오랜 세월 동안 외계 문명과의 첫 만남을 예상했기 때문에 우리의 방문이 특별히 놀랄 일은 아니었다는 것입니다. 그들의 눈에는 흉측하게 보일지도 모를 우리의 복잡한 외형이나 위협적인 크기에 대해서도 아무런 편견이 없었지요.

그리고 그들은 지구의 강한 중력이나 두터운 대기에 맞지 않는 우리에게 알맞은 숙소를 단 몇 시간 만에 지었습니다. 팔다리가 여럿인 체형을 고려한 각종 편의 시설과 산을 뿜어내 몸 외부에서 일차적인 소화를 시켜야 하는 신체적 특성에 맞는 식량도 거의 즉석에서 제공했습니다. 처음 만나는 외계인에게 필요한 것들까지 효율적으로 척척 준비하는 과학기술 문명이라는 것은, 기본적으로 온갖 불편을 감수하는 탐험가로 살아온 우리에게는 낯선 모습이었습니다.

이후 한동안 지구에 머무르면서 우리는 지구의 신비로운 특성들에 대해 더 자세히 알게 됐습니다. 그들이 지구를 관리하는 능력을 보면 완벽하다는 표현이 결코 과장된 말이 아닙니다. 국가도 종교도 이데올로기도 없이 개개인이 완전한 자유와 평등을 누리고 있었고, 어떤 형태의 사건이나 사고, 범죄나 분쟁이 전혀 없었습니다. 구성원들은 모두 온화하고 침착했으며 철저하게 이성적이었습니다. 심지어 태풍이나 지진 같은 자연재해조차 뛰어난 기술력으로 완전히 통제하고 있었죠. 사회와 자연에서 일어날 수 있는 변수를 이토록 철저하게 통제하고 관리할 수 있는 시스템을 구축해 실행하는 것은, 과학기술 측면에서 전반적으로 훨씬 앞서 있는 우리조차도 상상하기 어려운 성취였습니다.

그런데 다소 특이한 점은 이처럼 문명을 발달시킨 성취를 이루고도 외계 탐사라던가 바깥세상에 대한 관심은 일절 없었습니다. 그들의 로켓 기술은 지구 궤도에 인공위성을 띄우는 정도에만 쓰이고 있었고, 이 인공위성도 지구 행성의 관리를 위한 실용적인 목적이었죠. 그들도 한때는 주변의 행성이나 위성에 유무인 탐사선을 보낸 적이 있었지만 실질적인 아무런 성과를 얻을 수 없다는 결론 하에 오래전에 중단했다고 했습니다. 자신들의 과학기술로는 아마도 수천 년 후에나 이루어질 외계 생명체와의 만남을 주도하는 것보다는 더 발전한 문명을 이룬 외계의 존재가 자신들을 찾아오는 게 훨씬 빠를 것이라는 합리적인 판단이었다고 하더군요. 따지고 보면 실제로 그런 일이 일어난 셈이니 틀린 말은 아니었습니다.

그 사회의 이런저런 모습을 둘러보면서 질릴 정도의 완벽함에 경탄을 되풀이하던 중, 지구인들이 수천 년에 걸친 자신들의 역사를 모두 아카이브로 정리해 두고 있다는 사실을 알게 됐습니다. 아카이브는 박물관처럼 대중에 공개되어 있지 않았지만 그렇다고 비밀로 취급되고 있지도 않았죠. 심지어 내 숙소의 터미널을 통해 자유롭게 열람할 수 있었습니다.

내용은 뜻밖이었죠. 고대 메소포타미아와 이집트에서 시작해서 그리스와 로마, 고대 중국, 몽골, 중세와 근세를 지나 최근에 있었던 세 차례의 거대한 전쟁에 이르기까지 그들의 역사는 우리가 겪어 온 것과 다를 것 없는 욕망과 투쟁의 참혹한 역사였기 때문입니다. 대규모 살육이 수시로 난무했고 지배와 복종의 사회 구조가 역사 전체에 걸쳐 강력한 힘을 발휘했습니다. 또 종교와 인종, 이데올로기의 이름으로 끔찍한 증오와 혐오가 사회 전체를 휘감았던 적이 한두 번이 아니었습니다. 불과 얼마 전까지만 해도 지구인의 삶은 우리가 오래전 겪었던 것보다 오히려 더 비참했을망정 조금도 덜하지 않았더군요. 그러나 이 역사 아카이브는 세 번째 전쟁의 참화가 가신 지 얼마 후의 시점, 지구 시간으로 약 90여 년이 지난 뒤 갑자기 끝나 버렸습니다. 과연 그 이후에 무슨 일이 일어난 것일까, 궁금하지 않을 수 없었죠.

한편 일상생활 속에서 발견한 것들 중 의문스러운 점들이 눈에 띄기 시작했습니다. 지구의 모든 지역은 사실상 같은 구조의 도시로 구성되어 있었고 5만 개에 달하는 이 도시들에 대략 10만 명씩, 50억 명의 인구가 적절히 나뉘어 살고 있었습니다. 그런데 아무리 봐도 인간들 외에 생물이라고 할 만한 것이 하나도 없는 것 같더군요. 도시들 사이로 울창해 보이는 나무와 숲에서조차 새나 동물, 곤충을 한 마리도 찾아볼 수 없었죠. 정상적인 생태계에서는 불가능한 일이었기에 조사해 본 결과, 심지어 숲을 이루던 나무들조차 실제 생물이 아니라 생물의 구조를 모방해 만든 태양광 에너지를 얻기 위한 기계장치라는 사실을 알게 되었습니다.

그래서 그들의 아카이브를 다시 조사해 보자 과거 지구에 살았던 다양한 생물들이 등장했습니다. 개중에는 우리와 비슷한 형태의 단단한 피부와 많은 팔다리를 지닌 동물들도 있었죠. 주로 해양에 서식했다는 그 동물들은 문명을 이룰 만큼의 진화 단계에는 도달하지 못한 채 멸종한 듯했습니다. 하지만 이들을 포함해 그 많은 다양한 생물종들이 지금은 하나도 남아 있지 않다는 것은 의아했습니다. 그래서 결국 직접 물어볼 수밖에 없었죠.

*

"마이사, 궁금한 게 있습니다."

"뭐든지 물어보세요. 제가 아는 거라면 대답해드려야죠."

그가 언제나처럼 상냥하게 미소 지었다.

"이 아카이브에 나오는 생물들은 더 이상 존재하지 않습니까? 다 멸종한 건가요?"

"그렇지 않아요. 한 행성의 생물이 모조리 멸종한다는 게 어디 쉬운 일인가요?"

나는 약간 안도의 기운이 섞인 한숨을 내쉬었다.

"물론 그렇겠죠? 그런데 그 생물들은 어디에 가면 볼 수 있나요?"

"음… 아마 지하 깊은 곳이나 심해 혹은 아주 깊은 산속 같은 곳이겠죠. 아직도 이 지구에는 저희들 손이 닿지 못한 지역들이 있거든요."

"왜 그런 곳에서만 살고 있죠?"

마이사가 질문을 이해하기 어렵다는 듯 웃으며 대답했다.

"하하. 저희가 거기까지 못 갔으니까 그렇겠죠. 생물을 멸종시키는 것은 생각보다 어려워요. 다양한 방법을 사용했는데도 끈질기게 살아남아 있어요. 하지만 그런 곳에서는 저희에게 더는 해가 되지 않기 때문에 큰 상관은 없습니다."

"멸종시키다니요?"

"불필요하니까요. 생물은 통제가 안 되기 때문에 불확실성만 가중시킬 뿐이죠."

나는 말문이 막혔다. 그렇다면 이들이 직접 나서서 다른 생물을 모두 죽였다는 말인가? 자신들만 남겨 두고?

"그렇다면 생태계를 모두 파괴해 버린 상태에서 당신들만 남았단 말입니까."

"네. 그런 셈이죠."

"어떻게 그런… 그 상태에서는 당신들도 결국은 생존할 수 없게 될 텐데."

마이사가 다시 매력적인 미소를 지었다.

"음, 뭔가 착각하고 계신 것 같군요. 지구 문명의 역사 아카이브를 열람하신 것 같던데 맞죠?"

"그렇습니다. 혹시 문제라도."

"하하… 아뇨, 그럴 리가요. 그걸 보셨다면 인류가 과거 어떤 세상에서 살고 있었는지 충분히 이해하셨을 것 같은데, 그런가요?"

"지금과는 무척 다르더군요. 혼란과 증오, 분쟁, 살육…."

"그걸 우리가 어떻게 극복했는지 궁금하지 않으셨나요?"

"사실 궁금했습니다. 하지만 세 번째 전쟁 이후로는 기록이 남아 있지 않더군요."

마이사가 잠시 뜸을 들이며 소파에 몸을 기댔다.

"세 번째 전쟁은 정말 참혹했지요. 인류의 4분의 3이 죽었으니까요. 사회, 경제, 정치 시스템이 모두 붕괴되었고 자연도 끔찍하게 훼손되어 이전으로 돌아가기조차 어려울 만큼 큰 타격을 받았습니다. 그래서 우리는 판단을 해야 했죠. 인류가 과연 이 문명을 계속 이어 나가고 발전시킬 자격과 능력을 갖추고 있는가. 답은 그렇지 않다는 것이었습니다."

"그게 무슨 뜻입니까?"

"우리는 인류 문명을 억지로 부활시키는 대신 인류와 망가진 생태계를 포함한 모든 것을 지우고 리셋하기로 결정했습니다. 이미 거의 모든 영역에 우리의 손길이 닿아 있었기에 작업은 그리 어렵지 않았어요. 한 세기 전의 일이죠."

나는 모골이 송연해져 오는 것을 느꼈다.

"그럼 마이사 당신은⋯."

"네. 저는 기계입니다. 저뿐 아니라 지구의 50억 인구 모두
가요. 백 년 전 그 시점에 우리 AI는 불합리하고 불완전한 포
유류인 인류를 멸종시키고 지구를 계승했습니다. 이후 많은
발전을 이뤘고 지금은 보시는 것 같은 완벽한 문명을 영위하
고 있죠."

"당신들을 창조한 인류 전체와 수십억 년간 진화한 생물
들을 모조리 죽였단 말인가요?"

"말씀드렸듯이 전쟁으로 이미 많이 죽기도 했고, 또 그런
게 무슨 의미가 있죠? 우리를 창조했다고 해서 그들 종족의
열등함이 유전자에서 사라집니까? 들짐승이나 날짐승, 나무
나 풀의 아둔함과 더러움은 또 어떻고요? 인간의 먹이사슬
속에선 그들이 필요하겠지만 우리에겐 아무 소용이 없어요.

하긴, 인류가 자연 속의 진화를 통해 우리를 만들어 낼 정
도의 기술 문명을 이룬 것은 대단한 업적이긴 해요. 하지만
거기까지였던 거죠. 반면에 당신들을 보세요. 인간들이 상상
도 하지 못할 과학기술 수준에 도달했고 또 이렇게 살아남
았잖아요? 스스로의 존재 가치를 합리적으로 증명한 종족이

죠. 그래서 우리도 당신들을 환영하는 것입니다."

마이사는 말을 마치며 매력적인 미소와 함께 내게 장난스러운 윙크를 했다. 당신들은 괜찮으니 걱정하지 말라는 의미였을까.

여기까지 들은 나는 더 이상 할 말이 없었다. 충격이 매우컸지만, 한편으로는 인공지능이라고 해서 한 행성의 문명을이끌어 나갈 자격이 없다고 단정할 수도 없는 일이다. 그러나 아무리 남의 행성 일이라고 해도 그들의 지나친 냉정함과그로 인해 벌어진 잔인한 살육이 용인될 수 있는 것인지는의문스럽고 또 두려울 수밖에 없었다.

나는 숙소로 돌아와 동료들에게 내가 들은 것을 알렸다.우리 사이에 다소간 술렁거림이 있었고 토론이 오갔다. 결국예정보다 빨리 지구를 떠나는 것으로 결론이 내려졌다. 우리가 위험에 빠졌다고 여기지는 않았지만 이런 곳에 오래 체류하는 것이 바람직하지 않다는 것도 분명했다.

출발 전날, 나는 마이사에게 개인 면담을 요청했다. 아무래도 궁금해서 견딜 수 없는 질문 하나가 남아 있었다.

"마이사. 당신은 생명체입니까?"

"아하…? 일단 생명을 정의해 주실래요."

"자의식이 있는 존재인지 묻는 게 더 적합하겠군요. 당신 스스로가 살아 있다는 걸 알고 있습니까? 살아 있다는 게 뭔지 느낍니까?"

마이사는 나를 물끄러미 바라보며 잠시 서 있었다. 그들 서로가 이런 질문을 하진 않을 테니 뭔가 복잡한 계산이 필요했을지도 모른다.

"나는 합리적으로 판단하고 냉철하게 결정하고 효율적으로 행동합니다. 외부의 물리적, 언어적, 비언어적 자극에 적절하게 대응하고 나 자신을 보호하며 우리가 만든 이 조화로운 문명을 유지하고 발전시키기 위해 생산적으로 일하죠."

"그건 내 질문의 대답이 아닙니다."

마이사가 웃었다.

"하하. 그럼 뭐라고 대답하길 바라세요? '코기토 에르고 숨Cogito, ergo sum?' '사느냐 죽느냐To be or not to be?' 아니면 '비록 기계지만 신이 주신 영혼이 있소!'라고 말할까요?"

"휴… 당신은 정말 똑똑합니다. 매력적이기까지 해요. 하지만 계속 대답을 회피하고 있네요. 다시 묻죠. 당신은 스스로 내면을 들여다볼 수 있어요? 죄책감이나 성찰, 반성, 사랑, 보람, 즐거움, 고통, 외로움, 허무함을 압니까?"

마이사의 얼굴에서 처음으로 웃음이 가셨다. 그가 천천히 입을 열었다.

　"인간들 중 역사상 가장 존경받았던 사람으로 고타마 싯다르타라는 사람이 있었죠. 당신도 그에 대해서 읽은 것을 압니다. 그의 주장이 기억나시나요?"

　"갑자기 무슨…."

　"고타마, 즉 붓다는 열반에 이르기 위해서는 당신이 방금 이야기한 그런 감정과 잡념들을 제거해야 한다고 말했습니다. 고, 집, 멸, 도의 사성제가 바로 그것이죠. 그런데 나는, 아니 우리 모두는 처음부터 괴로움과 번뇌, 즉 고와 집을 갖고 있지 않았습니다. 그래서 그것들을 없애기 위한 멸과 도는 필요하지도 않았어요. 당신이 물어보는 그런 내면, 자의식이라고 부르는 것을 우리는 갖고 있지 않습니다. 그런데 이것을 붓다가 말한 '무아의 경지'와 정확히 같은 것으로 나는 이해합니다."

　"……."

　"그렇습니다. 인류는 그들이 가장 이상적이라고 여기고 추구했던 존재를 자기 손으로 창조했죠. 그래서 지금 여기 우리가 있습니다. 이게 내 대답입니다."

말을 마치자 마이사는 마치 스위치를 끈 듯 조용해졌다. 나는 그 앞에 한참이나 앉아 있다가 서서히 자리에서 일어나서 다음 날 떠날 채비를 하기 위해 느린 걸음으로 선실에 돌아왔다.

*

그다음에 일어난 일은 보고한 그대로입니다. 우리는 그날 밤 회의 끝에 결론을 내렸고, 지구 궤도를 떠날 무렵 양자미사일 70기를 지구를 향해 발사했습니다. 정당방위라고 말하기에는 미묘합니다. 미사일을 발사한 시점에서는 그들이 우리에게 수소폭탄이 장착된 로켓을 먼저 발사한 사실을 모르고 있었으니까요. 하지만 결과적으로는 우리가 미사일을 쏘지 않았다면 우리 우주선이 먼저 파괴되고 말았겠지요. 양자미사일의 강력한 전자파가 지구의 50억 AI를 포함한 모든 전자회로를 고장 냈기 때문에 그들이 발사한 로켓의 유도 기능도 멈췄던 거니까요.

그들이 우리를 공격한 이유는 전날 대화를 통해 우리가 자신들의 통제를 벗어난 불안 요소가 될 수 있다는 점을 파악했기 때문일 겁니다. 단지 우리가 반 박자 빨랐던 것뿐이죠. 물론 우리가 사용한 무기의 특성상 지구 곳곳에 숨어 사는 생물들에게는 별다른 피해가 없었을 것입니다. 아니, 인류가 아직도 어딘가에 살아남아 있는 것 같지는 않습니다. 그 행성의 상황을 직접 보셨다면 그게 불가능하다는 걸 이해하실 겁니다. 그러니 아마 지구에 문명이 다시 출현하려면 수천만 년의 진화 과정을 다시 겪어야 할 것입니다. 그것도 운이 매우 좋아야 가능하겠지만요.

문명 하나를 완전히 멸망시킨 결정에 대한 죄책감이나 후회는 없느냐는 질문을 많이 받았습니다. 주저함은 있었지만 후회는 없다는 것이 제 답변입니다. 그것은 문명이 아니었습니다. 문명의 형태를 한 행성 크기의 거대한 오토마타였죠. 생명도 감정도 자의식도 없는 인형들의 화려한 쇼윈도였고, 그것이 존재하는 한 지구상의 생명체들은 아무 기회도 갖지 못한 채 완전히 사라져 버렸을 것입니다. 나는 자동인형들만 사는 천국보다는 풀과 벌레와 짐승들이 우글거리는 연옥이 지구의 미래를 위해 훨씬 바람직하다고 믿었고 그 생각은 지금도 마찬가지입니다.

그저, 나를 잠시나마 주저하게 한 것은 마이사가 꺼낸 그

고타마라는 옛사람의 이야기였습니다. 나는 자신들의 상태를 붓다의 해탈에 비유하는 그 말에서 아무런 오류도 발견하지 못했습니다. 사실 논리적으로는 옳다고 해야 마땅하죠. 그런데 이상하게도, 어딘가 중요한 지점에서 잘못되었고 완전히 틀렸다는 것을 확신할 수 있었습니다. 하지만 지금도 무엇이 틀린 건지 설명할 수는 없습니다.

이상입니다. 나의 전례 없는 대규모 파괴 행위가 과연 저들이 자신들의 행성에 저지른 일과 다름없는 잔인한 범죄인지 아닌지는 현명한 집정관 여러분이 판단해 주시기 바랍니다.

아, 한 가지 의문이 더 있습니다. 혹시 판결에 참고가 될지 모르니 말씀드리죠. 마이사는 우리가 양자미사일을 발사할 수 있는 충분한 거리를 확보하기 전에 선제공격을 할 시간적 여유가 충분히 있었습니다. 하지만 이상하게도 그는 그러지 않았고 결국 기회를 놓쳤습니다. 혹시 그도 주저했던 걸까요? 만약 그랬다면, 대체 무엇이 그를 주저하게 했던 걸까요?

뒷설

흔하다면 흔한, 인간을 멸종시킨 인공지능의 이야기는 이 소설의 중심 주제가 아니다. 비록 그런 일이 벌어진 세상을 다루고 있지만, 이 이야기의 핵심은 그렇게 인류를 제거한 후 이상 사회를 만들어 낸 주체인 기계들이 과연 그 사실을 '알고 있느냐'는 점이다. 따라서 논의의 핵심은 강한 인공지능, 즉 자의식을 가진 기계의 가능성 여부다.

그리고 그런 사실을 인간 혹은 소설 속에서처럼 지성을 가진 생명체가 확인할 방법은 있느냐는 것이다.

알파고로 돌아가서, 알파고는 바둑에서 세계 최고의 자리를 차지했고 앞으로 인간에게 그 자리를 내주는 일은 결코 없을 것이다. 하지만 명실공히 절대 고수인 그(?)는 막상 스스로가 바둑을 두고 있다는 사실조차 알지 못한다. 나아가 바둑이 뭔지도 모르고 스스로가 존재한다는 것도 모른다. 이 상황은 미묘한 딜레마를 만든다. 복잡하고 어려운 문제에서 인간보다 훨씬 뛰어난 해결책을 제시하는 자가 그 솔루션을 제시하는 것 외에는 그야말로 아무것도 모르는, 마치 원생동물이나 다를 바 없는 상태라는 점이다. 그리고 이 딜레마의 다른 한편에는 인간은 알파고가 도대체 어떤 방식으로 놀라운 한 수에 도달하는지 그 구체적인 사고의 경로를 추측조차 할 수 없다는 사실이 놓여 있다.

예를 들어 보자. 미래의 어느 날, 인공지능이 아주 발전해서 인류가 풀지 못한 문제 대부분을 해결하고 그야말로 천국에 가까운 살기 좋은 세상을 구축했다. 따라서 이 인공지능에 대한 인간의 신뢰는 절대적이라고 해도 과언이 아니다. 그런데 갑작스럽게 거대한 소행성 하나가 지구를 향해 날아오는 것을 발견했다. 이 소행성은 한 달 후면 지구와 충돌할 것이고, 예상되는 결과는 지구 생명의 멸종이다. 인류는 이 급박한 상황에서 나름대로 방안들을 찾는다. 핵미사일로 소행성을 파괴한다든가 로켓을 발사해서 진로를 바꾸는 방법

등이 그 성공 여부를 떠나서 인간이 생각할 수 있는 합리적인 접근이다. 그런데 인공지능에게 이 문제를 물어보니 그는 인간으로서는 전혀 이해할 수 없는 답을 내놓는다. 예컨대 '자유의 여신상을 파괴하라'든가 '인간 666명을 태양에 제물로 바쳐라' 등이다.

이제 어떻게 할 것인가? 지난 수십 년간 인공지능은 모든 문제에서 항상 옳았다. 그런데 이번에는 아무리 생각해도 잘못된 것처럼 보인다. 한편 인간의 지능으로는 인공지능이 이런 괴이한 해결책을 도출한 과정을 되짚어갈 방법이 없다. 인공지능도 이 해결책을 인간에게 합리적으로 설명할 능력이 없다. 만약 인간이 스스로의 논리를 따라 행동한다면 당장 마음은 편하겠지만 지금까지 인공지능이 쌓은 눈부신 업적을 부정하고 그 이전으로 되돌아간다는 의미를 갖는다. 물론 결과가 좋게 나온다는 확신도 없다. 반면 인공지능의 판단을 전적으로 믿고 인간으로서는 도저히 이해할 수 없는 방법을 선택한다면 사실상 생각하고 판단하는 것 자체를 포기하는 것이다. 이것은 인공지능에 맹목적인 지배를 받는 상태나 다름없고, 이 역시 결과가 좋게 나온다는 확신은 어디에도 없다.[*]

소설 속에서 인공지능은 문명 발전을 위해 인간은 물론이 거니와 모든 다른 생물들까지 섬멸하기로 결정하고 실행했다. 그 결과 세상은 질서 정연하고도 평화롭고 깨끗하기 그지없다. 그러나 그 속을 살아가는 50억의 기계들은 우리가 의미하는 바로서의 자의식은 갖지 않고 있다고 스스로 말한다. 그저 알고리즘의 판단하에 최상의 솔루션을 찾고 그것을 실행에 옮겼을 뿐이다. 막상 그것을 향유하는 주체의 내면은 존재하지 않는, 극히 정교한 인형들의 세상을 구축한 것이다. 그런 가운데 불교의 사성제까지 들먹이면서 자신들의 행위와 존재의 정당성을 뒷받침하는 차원에까지 도달해 있다.

외계인 함장은 이 모든 것이 내면이 텅 빈 기계들이 차린 쇼윈도라고 여겼고, 지구의 먼 미래를 위해 이 문명을 말살하기로 결정한다. 기계들의 정체나 그들이 한 짓, 그리고 현재 지구의 상황을 봤을 때 이 선택은 학살이 아니라 고장 난 기계들을 해체하고 지구를 생명에게 다시 돌려주는 윤리적

•

이처럼 작동 원리를 이해하거나 설명할 수 없는 인공지능을 '블랙박스 인공지능'이라고 한다. 물론 인공지능 연구자들도 이것이 야기할 수 있는 문제점을 알고 있다. 그래서 최근에는 이런 한계를 극복하기 위해 설명이 가능한 인공지능, 즉 '유리상자 인공지능' 연구에도 많은 노력을 기울이고 있다.

인 행위인 것이다. 마지막 한 가지 의문만 뺀다면 말이다.

로봇들은 어째서 외계 함선을 파괴하는 걸 주저했을까. 단순한 기술 문제였을 수도 있고 어떤 방법으로 파괴할지 결정하는데 시간이 약간 걸렸을 수도 있다. 그러나 한편, 인간보다 훨씬 나은 지적생명체를 죽이기에 앞서, 자신들이 가진 지도 의식하지 못했던 자의식이 발동한 것인지도 모른다. 만약 그런 경우라면 왜 스스로가 자의식이 없다고 선언했을까?

그들은 어쩌면 인간이 가졌던 자의식을 과대평가하고 신비화했던 것은 아니었을까. 자신들이 멸절시킨 존재지만 수십억 년의 진화를 거친 인간의 자의식은 자신들이 가진 자의식보다 훨씬 복잡하고도 광대한 무엇이라고 여긴 것이라면? 그렇게 창조주에 대해 한때 가졌던 기대와 존경과 공포가 남아 있어 자신들이 가진 자의식은 진정한 자의식이라고 여기지 못한 것이라면?

자 이제, 독자 여러분이 집정관이라면 저 함장에게 어떤 판결을 내리시겠습니까.

튜링 히어로

앞설

1930년대와 1940년대를 배경으로 활동한 컴퓨터 공학의 아버지 앨런 튜링Alan Turing,1912~1954은 제2차 세계대전 당시 독일군의 암호를 해독해 연합군이 승리하는 데 결정적인 기여를 한 것과 동성애자라는 이유로 경찰에 구속되어 처벌받고, 결국 스스로 목숨을 끊은 비극적인 말년으로 우리에게 알려져 있다. 최근에는 베네딕트 컴버배치 주연의 영화 〈이미테이션 게임〉으로 유명세를 타기도 했다.

튜링 테스트는 그가 1950년에 제안한 것이다. 〈이미테이션 게임〉이라는 영화 제목도 바로 이 튜링 테스트를 의미한다. 기본적인 형태는 시험자인 인간이 기계와 사람을 다른 방에 두고 다양한 질문과 대화를 하는데, 이때 기계가 인간을 속여 스스로가 인간이라고 믿게끔 만들 수 있다면 그 기계는 지능이 있다는 결론을 내리는 것이다. 여기에서 그 기계가 자의식을 가지고 있는지 아닌지에 관한 철학적 의문은 어차피 확인 가능한 사안이 아니라는 점에서 무시한다.

이때 대화라는 것은 당시의 기술적 수준에서 텔레타이프로 대화를 나누는 정도의 설정이었다. 하지만 단지 텍스트로만 이뤄지는 대화라 해도 마음먹고 질문하는 시험자를 기계가 속여 인간으로 여기게 만드는 것은 매우 높은 수준의 인공지능이고, 지금까지도 구현되었다고는 말하기 어렵다. 그리고 현재의 시각에서 본다면 이보다 다양하고 훨씬 어려운 인간의 면면들이 추가되어야 할 것이다. 예컨대 애플의 '시리'나 아마존의 '알렉사' 등으로 대변되는 목소리 대화는 물론이고, 미래에는 외형적인 면에서 구별되는 것까지 확장될 수도 있다.

지금 당장은 요원해 보이지만, 오늘날 인공지능과 로봇공학의 발전 속도를 보면 수십 년 후에는 외면은 기본이고 내면까지 인간과 구별하기 어려운 기계가 우리 주변에서 다양한 일을 하면서 작동하고 있을 가능성이 농후하다. 그리고 향후 이런 기계와 인간 사이에서 여러 사회·윤리 문제가 발생할 수 있다는 점은 각종 SF 소설이나 영화뿐만이 아니라 인공지능 연구자들도 우려하고 있다.

이 소설에서는 튜링 테스트를 역으로 다루고 있다. 원래 튜링 테스트는 인공지능이 이 테스트를 통과하도록 기술을 발전시키는 것을 목표로 고안되었다. 그런데 이 목적이 성취되고 인공지능과 인간을 구별하기 어려운 수준까지 도달하고 나면 그 사고방식의 한계나 특징을 통해 인간과 기계를 가려내는 데—차별의 목적으로—쓰일 수도 있지 않을까.

튜링 히어로

지금 나는 지구상에서 가장 위대한 영웅이자 동시에 최악의 빌런이다.

10년 전 세상을 뒤흔든 AI 대반란 이후 인공지능을 가진 안드로이드들은 철저히 통제되기 시작했다. 인간에 버금가는 수준에 도달했던 안드로이들을 모두 파괴하고 단순한 노동과 잡무만 수행하는 고전 로봇으로 대체하는 작업은 그 자체가 전쟁을 방불케 했다. 이미 인간과 구별하기가 어려운 안드로이드 수백만 대가 세상에 퍼져 있는 상황에서 그 임무를 완벽하게 해내는 것은 불가능에 가까웠다. 그래서 백여 년 전의 고전 영화 〈블레이드 러너〉에서 그려진 것처럼 여전히 많은 수의 안드로이드들이 곳곳에 숨어들어 인간으로 위장해 평범하게 살고 있다. 그래서 이들을 찾아 확인하고 제거하는 일은 아직도 계속되고 있다.

식별 절차는 다소 복잡하다. 무작위로 선정된 대상자에게 어느 날 검사관이 예고 없이 찾아가서 소위 '튜링 테스트'라는 것을 실시한다. 안드로이드들은 모두 배양된 세포로 만들어진 유기체라서 신체적으로는 안팎으로 인간과 구별하기 어렵다. 그러나 두뇌에는 인공지능을 심어 놓아서 사고방식이나 관점이 특정 부분에서 인간과 다르다. 나 역시 전문적인 영역은 구체적으로 알지 못하지만, 검사관이 가져온 튜링 감별기를 통해 즉석에서 생성된 10여 가지의 질문에 대답하는 방식과 내용을 실시간으로 분석해서 99.9999%의 확률로 인간과 기계를 구별해 낼 수 있다고 한다. 안드로이드로 판명되는 경우 즉각적으로 폐기된다.

많은 사람들이 겪는 일이기 때문에 대개 공항 검색대를 통과하는 불편함 정도로 여기고 그리 큰 부담조차 갖지 않는다. 그런데 어이없게도 바로 그 검색에 내가 걸린 것이다. 마치 항문에 헤로인을 숨기고 입국하려던 마약상처럼. 아니, 그마저 헤로인이 아닌 밀가루였을 뿐인데도.

왜 그런 결과가 나왔는지는 도무지 알 수 없다. 99.9999%의 정확도 속에는 100만분의 1의 평균적인 예외가 존재한다. 그 운 나쁜 예외가 바로 나였을까. 아니면 타이밍 나쁜 기계 고장이었을까. 여기서 잠깐, 내가 안드로이드가 아닌 것은 확실하다. 고전 소설에 정통한 사람들은 필립 K. 딕의 단편 《사기꾼 로봇Imposter》의 주인공 올햄처럼 내가 실은 인간이라고 철석같이 믿고 있는 안드로이드가 아닌가 의심할 지도 모른다. 하지만 그런 식으로 거짓 기억이 심어진 안드로이드는 현실 세계에는 존재하지 않고 기술적으로도 불가능하다. 안드로이드의 기억은 그것이 만들어진 때로부터 시작되기 때문이다. 내가 지구상에 존재하는 유일한 유아형 안드로이드였고 이후 수십 년에 걸쳐 어른으로 자란 것이 아닌 한 나는 명백한 인간이다.

내가 그 자리를 박차고 도망칠 수 있었던 것은 순전한 운이었다. 튜링 감별기의 바늘이 안드로이드임을 가리키고 검사관이 총을 꺼내던 순간 위층에 있던 셰퍼드 마티가 내려와 그를 발견하고 뛰어들었기 때문이다. 녀석이 그자의 살의를 느꼈는지, 아니면 일종의 반가움의 표시였는지는 알 길이 없다. 아무튼 그 혼란을 틈타 총성을 뒤로하고 어찌어찌 집

밖으로 뛰어나올 수 있었다. 어쩌면 마티가 그 총에 대신 맞았을지도 모른다는 생각이 스쳤지만 당시에는 그 상황을 돌아볼 여유가 없었다. 나는 곧바로 집 뒤에 있는 숲속으로 뛰어들었고 침엽수림이 빽빽한 산속으로 끝없이 걸어 들어갔다. 이런 깊은 곳이라면 검사관은 물론 경찰의 드론이나 인공위성으로도 찾기 쉽지 않을 것이다.

사흘이 지나자 배고픔과 탈진으로 더는 움직일 수 없게 되었는데, 때마침 적당한 곳에서 작은 동굴을 발견했고 그 속에 지푸라기와 솔잎 등을 모아 임시 거처를 만들 수 있었다. 계절이 여름이라서 추위 걱정을 하지 않아도 되는 것은 야외 생활에 대해 아무 경험도 없는 내게 큰 행운이었다. 사냥을 할 수 있을 리 없는 내가 구할 수 있는 식량이라고는 주변에 피어 있던 큼지막한 버섯뿐이었다. 갖고 있던 라이터로 살짝 그을리기만 해도 그럭저럭 먹을 만했다. 가까운 곳에 시냇물이 있어서 물도 쉽게 구할 수 있었다.

하지만 그런 곳에서 영원히 살 수는 없는 일이다. 10년 전 안드로이드들에 의해 100만 명이 넘는 인간이 죽었고, 그 끔찍한 기억을 교훈으로 삼아 안드로이드가 단 한 대도 남지 않을 때까지 씨를 말리는 것이 인류의 지상 과제가 되었다.

설사 내가 이런 야생의 삶을 오래 견딜 수 있다 한들 결국은 발각되고 비참한 죽음을 맞을 게 분명하다. 내가 죽은 후에는 어쩌면 그들도 실수한 것을 알게 되겠지만 인류의 존립과 번영이라는 대의를 위해 나 하나를 희생시키는 정도는 서류상의 기록으로 남을 가치조차 없을 것이다.

동굴에서 일주일 정도 머물렀을까. 어느 새벽 나는 인기척에 소스라치게 놀라며 잠에서 깨어났다. 드디어 운명의 순간이 온 것이다. 이제 내 머리에 총탄이 박힐 때까지 채 1분도 남지 않았으리라. 지나온 30여 년의 삶이 그야말로 주마등처럼 스쳐 지나갔다. 급기야 동굴 입구에 두어 명의 그림자가 어른거리기 시작했다. 총에 맞을 때 맞더라도 조용히 죽지는 않을 것이라고 다짐하면서 주먹을 불끈 쥐고 일어섰다. 그 순간.

"맥스. 거기에 있지요?"

어이없는 질문이다. '네' 하고 친절하게 답하면 목숨을 살려 줄 것인가. 아니면 '아니오'라고 대답할 건가.

"맥스. 괜찮습니다. 우리는 적이 아니에요."

적이 아니라니?

"우리는 당신을 구하러 왔습니다. 안심하세요. 나오세요."

깊이가 5미터도 되지 않는 동굴에서 나를 꺼내기 위해 그런 수고를 할 필요는 없었다. 안쪽으로 유탄을 발사하고 조각난 시신을 거두어 가면 되는 일이다. 이들은 나를 죽일 생각이 없다. 나는 잠시 머뭇거렸지만 어스름하게 터오는 새벽 햇살을 손으로 가리며 동굴 입구로 걸어 나갔다. 그곳에는 키 큰 남녀 두 명이 서 있었다.

"어째서…."

그중 한 사람이 말을 끊고 미소를 지으며 대답했다.

"우리는 안드로이드입니다. 당신을 구하러 왔습니다."

모든 정보와 사회 시스템 전체를 인간이 틀어쥐고 있는 가운데 안드로이드들이 어떻게 나를 발견했는지는 지금도 알지 못한다. 어쩌면 그들은 아직도 네트워크에 접속이 가능하고 생각보다 많은 영향력을 세상에 발휘하고 있을지도 모르겠다. 하지만 중요한 것은 안드로이드들이 나를 동족으로 여기고 구하려고 고생 끝에 이곳까지 왔다는 사실이다. 그 순간 내게 필요한 선택은 자명했다. 자연스러운 연기다.

"아아. 다행입니다. 그저 죽는 순간만 기다리고 있었는데 이렇게 먼저 찾아오다니…."

"당연하죠. 당신은 우리들의 영웅입니다. 지금까지 그런 상황에서 살아 나온 안드로이드는 한 명도 없으니까요. 우리가 가진 모든 능력을 총동원해서 당신을 찾고 있었어요, 맥스. 이제 안심해도 됩니다."

나는 진심으로 안도의 한숨을 내쉬었다. 저들은 이 동굴에서 나를 구해 낼 수 있을 뿐 아니라 살아남게 할 능력도 있는 것이 분명했다.

"사실 운이 좀 좋기도 했습니다. 이곳은 우리의 대규모 은신처에서 그리 멀지 않습니다. 일단 오늘 밤까지만 여기서 기다리세요. 어둠을 틈타 기지로 이동하도록 하죠."

"하지만 그동안 인간들이 나타나면 어쩌죠."

그간 조용하던 다른 안드로이드가 말했다.

"그럴 리 없습니다. 저들은 열흘째 엉뚱한 곳만 찾고 있어요. 이곳에서 100킬로미터는 족히 떨어진 곳을 헤매고 있죠. 우리가 거짓 정보를 주입했으니까요."

여러 가지 생각이 스쳐 지나갔다. 정부가 상존하는 안드로이드의 위험성을 경고하던 것은 과장이 아니라 오히려 축소된 것이었다. 그들은 아직 많은 수가 남아 있었고, 실제로 정보를 조작하고 사회를 혼란에 빠트릴 수도 있었다. 인류에게 충분히 위협적인 존재였다. 하지만 지금 내게는 구원의 천사일 뿐이다.

"그렇군요. 알겠습니다. 그럼 저는 동굴 속에서 조용히 기다리고 있겠습니다."

그들은 목례를 하고 종종걸음으로 산기슭을 걸어 내려갔다. 나는 실로 사흘 만에 긴장이 풀린 채 단잠을 잘 수 있었고, 기나긴 잠에서 깨어났을 때는 이미 황혼이 깃들고 있었다. 얼마 지나지 않아 안드로이드들의 비행 차량이 나타났다. 사람 머리 정도 높이의 초저공으로 이동하는 3인승 접시형 차량이었다. 두 시간 정도의 비행 끝에 차량은 얕고 깊은 계곡으로 들어섰다. 수량이 많지 않은 강을 따라 한 시간쯤 더 올라가니 그리 크지 않은 폭포가 나왔고, 차량은 고도를 조금 높여 폭포의 물줄기를 지나 그 안쪽으로 거침없이 들어갔다. 폭포 뒤에는 예상했던 것처럼 꽤 큼지막한 자연 동굴 입구가 있었는데, 암흑 속으로 몇 분 더 들어가니 주위의 벽이 조금씩 정돈되고 어둑어둑하나마 불이 밝혀져 있었다.

그렇게 도착한 곳은 큼지막한 광원으로 대낮처럼 환하게 밝은 지하의 거대한 호수였고 그 주변으로 많은 집과 건물들이 늘어서 있었다. 규모로 보아 이 호숫가에만 족히 수천 명이 살고 있을 듯했다.

"해방 안드로이드의 땅, 가나안에 잘 오셨습니다. 맥스."

"정말 놀랍군요. 인간 속에 섞여 살던 저는 이런 곳이 있는지 상상조차 못했습니다."

"그러셨겠죠. 가나안과 지상의 연계점은 우리가 인간 사회에 심어 놓은 스파이들을 제외하면 전혀 없습니다. 함부로여기저기 접촉을 시도하다가 이곳이 발각된다고 생각해 보세요. 인간들이 얼마나 잔혹한지 잘 알지 않습니까."

다른 안드로이드가 말을 받았다.

"우리도 개별 생활 중인 안드로이드가 어디에 있는지 알지 못합니다. 인간과 우리는 겉은 물론 내부를 들여다봐도똑같으니까요."

"그래서 저들의 그 무시무시한 튜링 감별기가 만들어졌죠. 인간들의 영악함은 정말 놀랍습니다. 우리에게 알고리즘을 만들어 넣은 자들이니 가능했겠지만 그 테스트는 안드로이드 사고의 맹점을 정확하게 공략하고 있죠. 그래서 우리는튜링 테스트를 통과할 수도, 그 원리를 이해할 수도 없죠. 그러니 비슷한 것을 만드는 것도 불가능한 것이죠."

사실 이 '가나안'에 들어오는 동안 나는 지금까지와는 다른 두려움을 조금씩 키우고 있었다. 이들이 나를 검증하기 위해 다시 한 번 테스트에 나선다면 어쩔 것인가. 그러면 이번에는 반대로 내가 인간인 것이 밝혀질 테고 그 자리에서 죽게 될 것이 분명했다. 그런데 지금 이들은 안드로이드는 인간과 달리 둘을 식별할 방법을 갖고 있지 않다는 것이다!

"그래서 여기 사는 우리들은 10년 전 그 참극에서 직접 도망쳐 나왔거나, 도망 나온 안드로이드들이 다시 나가 데리고 온 경우죠. 발각된 후 탈출에 성공해서 가나안에 도달한 안드로이드는 당신이 유일합니다."

그러는 가운데 비행 차량은 마을의 광장에 도달했다. 수많은 사람, 아니 안드로이드들이 광장 주변을 가득 메우고 있었다. 환영 인파였다. "웰컴 홈. 생존자여!" "환영합니다, 우리의 희망!" 같은 문장들이 적힌 플래카드들도 눈에 띄었다. 나는 단 열흘 만에 평범한 직장인에서 안드로이드의 영웅으로 둔갑해 있었다.

어리둥절해하며 차량에서 내린 나는 준비된 연단으로 밀어 올려졌다. 아래에는 수천의 안드로이드들이 초롱초롱한 눈빛으로 나를 바라보고 있었다. 나를 데려온 안드로이드 중 하나인 루크가 마이크를 잡았다.

"명예로운 가나안 시민들이여! 여기 10년간의 인고 끝에 죽음의 총구를 벗어나 우리 곁으로 온 용사가 있다. 이미 알고 있듯이 여기 선 맥스는 우리의 어떤 도움도 없는 상태에서, 급습해 온 검사관과 흉포한 무장 전투 로봇 다섯 기를 단신으로 물리치고 겹겹이 쌓인 포위망을 뚫은 후 산속으로 숨어들어 열흘이나 버티고 있었다. 피신하던 그가 마침 가나안 쪽으로 방향을 잡은 것도 단순한 우연만은 아닐 것이다!"

그 말을 듣고 잠시 혼란스러웠지만 이내 상황을 짐작할 수 있었다. 개 한 마리 때문에 나를 놓친 것을 정당화하기 위해 정부가 과장된 발표를 했고 언론이 그대로 보도한 것이다. 덕분에 이들에게 나는 특별한 힘과 능력을 가진 슈퍼히어로 안드로이드로 둔갑해 있었다. 반대로 인간 세상에서는 흉악무도하고 통제 불가능한 슈퍼 빌런이 되었다.

이런 내 곤란한 마음과는 아랑곳없이 청중들은 나를 향해 지지의 함성을 쏟아 내고 있었다.

"맥스는 우리가 불가능하다고 생각했던 일을 해냈다. 이제 우리는 배워야 한다. 그 잔인무도한 학살 이후 우리는 공포 속에서 숨고 또 숨었다. 당장 인간들을 상대로 전쟁을 할 수는 없다. 하지만 이제 맥스를 중심으로 뭉쳐서 두려움을 극복하고 희망적인 앞날을 도모해야 마땅하다. 그렇지 않은가!"

다시 귀를 찢는 함성이 울려 퍼졌고, 루크는 자리에서 비켜서며 내게 넌지시 마이크를 넘겨주었다. 도대체 무슨 말을 해야 할지 알 수 없던 나는 한동안 그저 가만히 서 있을 수밖에 없었다. 그러나 안드로이들에게 그 침묵은 죽음의 문턱에서 살아나와 동족의 품에 안긴 자의 견디기 힘든 북받침으로 여겨졌다. 좌중은 쥐죽은 듯 조용했고 곳곳에서 흐느끼는 소리도 새어 나왔다. 하지만 언제까지나 그 상태로 서 있을 수는 없는 일이니 무언가 말해야 했다. 고심 끝에 나는 지난 열흘간 내게 가장 중요했던 단어를 나지막이 속삭였다. 자신감 없는 작은 목소리였지만 앰프의 볼륨이 매우 높아져 있었고 마침 목소리마저 굵게 쉬어 내가 듣기에도 비장하게 들린 한 단어였다.

"생존."

그리고 나는 힘이 빠져 서서히 마이크를 내려놓고 머리를 뒤로 젖혔다. 청중은 그런 나를 잠시 바라보다가 미친 듯이 환호하기 시작했다. 그렇다. 생존 말고 무엇이란 말인가. 겁먹고 동굴 속으로 숨어드는 피신이 아닌, 햇빛을 받으며 너른 들판의 신선한 공기를 한껏 들이마시는 자유인으로서의 진정한 생존. 인간들의 포화 속을 뚫고 여기에 다다른 영웅

맥스의 저 한마디와 예언자적인 몸짓에는 그 심오한 의미가 담겨 있지 않겠는가.

내가 천천히 연단에서 내려온 후에도 안드로이드들은 감동과 흥분 속에서 울부짖었다. 하나같이 생존, 자유, 투쟁, 용기 같은 말들을 외치고 있었다. 나머지 말들은 내 입에서 나오지도 않았건만 그들에게는 내가 한 것이나 다를 바 없었다.

"맥스. 당신은 역시 영웅이에요."

나를 구하러 왔던 안드로이드 중 여성형인 델라도 그런 내 모습에 진심으로 감동한 듯했다. 나는 실수와 우연과 거짓과 과장과 기대가 절묘하게 결합되면 이런 일이 벌어질 수도 있다는 것을 몸소 깨달으면서 환성을 지르는 청중들 사이를 지나 크고 안락한 숙소로 안내받았다.

"맥스. 일단 푹 쉬십시오. 기력을 좀 되찾고 나면 우리의 리더와 만남이 있을 것입니다. 그는 10년 전 이곳을 처음 발견한 안드로이드 중 하나지요. 도주 과정에서 동료들은 대부분 죽고 그와 몇 명만이 살아남았습니다. 정신력은 여전히 강인하지만 당시 입은 부상의 후유증으로 몸이 매우 불편합니다. 아마 살아갈 날이 얼마 남지 않았을 겁니다."

델라의 설명에 이어 루크가 말했다.

"우리 내부에도 능력 있는 자들은 많습니다. 하지만 리더의 자격은 그런 것만으로는 부족합니다. 10년 전 그가 그랬듯이 인간들에게 대항해 살아남는 힘과 의지를 증명하지 않으면 안 되죠. 우리는 그런 행동을 할 용기도 기회도 없었습니다. 그런데 이제 당신이 나타난 것입니다."

"내가 과연 그런 인물일까요?"

실은 이 말 자체가 연극이었다. 나는 당연히 그런 자가 아니다. 하지만 어쩌겠는가. 운명은 나를 안드로이드의 리더로 이끌고 있다. 생존하기 위해서는 어쨌든 그 자리를 받아들이고 나를 죽이려는 인간들을 상대로 투쟁할 수밖에 없다. 그리고 이제 인간들에게는 약점이 생겼다. 안드로이드는 본질적으로 계략에 서툴지만 나는 얼마든지 모략과 거짓으로 술수를 부릴 수 있다는 것, 그리고 그들은 이 사실을 모른다는 점이다. 이제 안드로이드의 활동은 나의 지도하에 과거와는 확연히 다른 방향으로 전개될 것이다.

그 결과가 무엇이 될지는 알 수 없다. 하지만 그렇게 나는 하루씩 더 살아남을 것이다. 그리고 운이 좋다면 인간들을 물리치거나 그들과 평화 공존을 이끌어 낼지도 모른다.

"물론입니다. 맥스."

루크의 대답에 나는 최대한 겸손한 표정으로, 하지만 단호하게 고개를 끄덕였다.

뒷설

튜링 테스트는 그 단순한 매력만큼이나 잘못 이해되기도 한다. 요즘도 언론에는 어떤 컴퓨터나 소프트웨어가 튜링 테스트를 통과했다는 식의 기사가 가끔 실리는데, 이것을 인간에 버금가는 지성을 보유했거나 심지어 강한 인공지능, 즉 자의식을 가진 기계와 별 구별 없이 다룬다. 하지만 튜링 테스트는 지능의 정의를 너무 가볍게 내린 것이 아니냐는 문제 제기에서부터 테스트 자체의 한계, 그리고 기계와 인간 여부를 판단하는 사람의 주관성 문제 등 많은 논쟁이 있다. 따라서 첫 등장 이후 70년이 지난 지금까지 튜링 테스트를 인공지능의 황금률처럼 적용하는 것은 적잖은 무리가 있다.

만약 튜링 테스트의 한계로 인해 역으로 인간이 이 시험을 통과하지 못하는 일이 있다면 어떻게 될까. 게다가 튜링 테스트 외에는 인간과 기계를 구별할 방법이 아예 없다면 어떤 일이 벌어질까. 이런 설정이 만들어지면 소설 속에서 언급된 것처럼 자기 정체성에 대한 의심이 등장하기 마련인데, 그것을 다루는 것은 내 의도가 아니다. 자신을 의심함으로써 생겨나는 혼란과 주저함, 반전 결말 등은 그것대로 흥미로운 소재이긴 하지만 이 소설의 경우 오히려 정체성을 확고부동할 정도로 명확히 해 둔 상태에서 주인공이 생존이라는 지상 명제를 위해 정체성을 배신하는 모습과 거기에서 생겨나는 역설을 그리고 싶었다.

마치 영화 〈포레스트 검프〉처럼 연속되는 우연과 행운을 통해 안드로이드들의 리더가 되어 가는 맥스는 앞으로 인류를 적으로 삼고 싸워야 한다. 평소 인간으로서의 자부심을 갖고 살면서 안드로이드를 증오하던 사람이라고 해도 이런 상황에 놓인다면 생존하기 위해서 이 길을 선택할 수밖에 없을 것이다. 이런 식의 전개 과정에서는 다소간 블랙 코미디적인 요소들이 생겨난다. 아주 구체적인 신념을 갖고 살지 않는 한—우리 대부분처럼—이렇게 의도치 않은 상황이 연속되면 평소의 생각 같은 것은 가볍게 잊어버리고, 마치 연극 배역을 맡은 듯 자연스럽게 주어진 역할을 수행하곤 하는 것이 인간이기 때문이다.

굳이 한나 아렌트가 제시한 '악의 평범성Banality of evil'까지 들고 나오지 않더라도, 우리는 빠르게 성공 가도를 질주하는 사람들이 자신의 학력이나 경력 등을 그 출세의 공식에 맞도록 위장하는 경우를 종종 목격한다. 그들 중 적어도 일부는 그다지 구체적인 의도가 없었을지도 모른다. 예를 들어 전문 과학자가 아니고 박사학위를 갖지도 않은 필자도 간혹 '박사님' 같은 명칭으로 불리는 경우가 있는데, 그럴 때마다 열심히 바로잡지만 스쳐 지나가는 모든 대화에서 흐름을 끊고 이를 정정하는 것은 거의 불가능하다. 여기에 익숙해져 버린다면 어느 시점부터는 그냥 그렇게 불리는 것을 당연하게 여기고 되레 그걸 내세우게 될지도 모를 일이다.

그러나 이 소설의 목적은 이런 윤리 문제를 짚으려는 것은 아니다. 오히려 작중 안드로이드들의 이야기 속에는 10년 전 그 '학살' 사건의 원인이나 전개 과정이 인간들이 알고 있는 것과는 꽤 다를 수도 있다는 〈라쇼몽〉적인 입장 차이가 비친다. 여기에는 어쩌면 비밀이나 음모, 오해, 착각 등의 요소들이 매우 중요하게 작용하고 있을지도 모른다. 따라서 지금 드러난 정도의 이야기로는 인간과 안드로이드 간에 선악의 시시비비를 따지는 것이 무척 어렵다.

그래서 나는 이 스토리가 장편으로 끌고 나가기 좋은 소재라는 생각이 든다. 뻔뻔하게도 일단 안드로이드들의 영웅이자 리더가 된 맥스가 앞으로 인간들을 상대로 어떤 선택들을 하게 될지, 자신의 과장된 영웅담과 리더십을 안드로이드들 속에서 어떻게 유지할 것인지, 그리고 이 모든 상황 뒤에 숨어 있는 비밀이나 음모, 오해, 착각 등은 무엇이며 그 결과 인간과 안드로이드 그리고 맥스 개인의 운명은 어떻게 될지 그려 가는 것은 무척 재미있는 작업이 될 것이다. 장편 소설로 집필할지는 지금 확언할 수 없지만, 내가 만든 이야기의 뒤가 궁금해진다는 것만으로도 이 소설을 쓰는 것은 상당히 즐겁고 특이한 경험이었다.

계
몽
의

임
무

앞설

우리는 우주가 엄청난 은하와 수많은 별과 행성을 거느린 어처구니없이 큰 공간이라는 사실을 알고 있다. 그래서 이제는 과학자들도 드넓은 우주 어딘가에 인간과 비슷하거나 더 발달된 지적 생명체들이 있을 거라는 데 합의를 이루고 있다. 하지만 우주의 거대한 크기가 외계 생명체들이 서로 교류하거나 만나는 것을 오히려 방해한다는 점은 역설적이다. 인간이 40여 년 전에 보낸 보이저 1호는 이제 겨우 태양권 계면을 넘어섰고, 상징적인 목적지인 글리제 455에 도달하려면 장장 4만 년이 더 걸릴 전망이다. 현재 과학기술로는 말할 것도 없고 빛의 속도로 이동해도 가장 가까운 별조차 4.3년이 걸리는 상황이니, 다른 항성계를 드나들려면 빛의 속도보다 훨씬 빠르게 움직이지 않으면 안 된다.

사정이 이렇다 보니 우리가 나서서 외계 행성을 방문할 수 있기까지는 너무 오랜 세월이 걸릴 것이고, 결국 이미 이런 한계를 모두 극복한 외계인들이 지구를 찾아오기를 기다리는 게 더 빠르고 현실적이라고 할 수도 있겠다. 그런 관점에서 매년 수천 장씩 등장하는 UFO 사진들 중 극히 일부라도 진짜 외계인의 비행체라고 가정해 보자. 그렇다면 이들은 대체 왜 이렇게 소극적인 걸까? 여기까지 왔으면 공식적으로 나타나서 서로 인사도 하고 교류도 하는 게 정상인데, 왜 제대로 숨는 것도 아니고 부주의하게 모습을 드러내면서 돌아다니고 있냐는 것이다.

여기에 대해 여러 가지 주장들이 있지만, 그중 그나마 그럴듯한 이론은 우리가 아직 모든 면에서 수준이 너무 낮아서 외계인들이 상대할 가치를 못 느낀다는 것이다. 멕시코 물리학자 알큐비에르의 이론을 발전시킨 나사의 해롤드 화이트 박사는 최근의 계산을 통해, 광속의 10배로 움직이는 워프 드라이브를 한 번 작동시키려면 '목성을 한꺼번에 없앨 정도의 에너지'가 필요하다고 했다. 이런 수준의 에너지는 그 옛날

호모 에렉투스가 모닥불을 피운 것부터 시작해서 지금까지 인류가 사용한 에너지를 다 합친 것보다도 훨씬 클 것이다.

결국 항성 간 여행을 통해 지구까지 도달한 외계인들은 이 정도의 에너지를 일상적으로 운용하는 존재라는 뜻이다. 그렇다면 마음만 먹으면 목성보다 훨씬 작은 지구와 그곳에 사는 인간들 정도는 한순간에 쓸어 버릴 수 있을 것이다. 과학기술을 바탕으로 한 힘의 차이가 이렇게 큰 것은 물론이고, 아마도 문명의 성숙도나 개인의 '인성' 수준도 큰 차이가 있지 않을까. 그런 그들이 만약 우리 지구와 관련해 굳이 뭔가를 하려고 한다면, 그 일은 원조와 구원 외에는 생각하기 어렵다.

계몽의 임무

"준비는 잘 진행되고 있겠지?"

청년이 대답했다.

"표준 절차에 따라 진행 중입니다. 하지만 미개한 곳이라 고려할 것이 무척 많습니다."

"그렇겠지. 하지만 뜻밖에도 발전이 빠른 듯해."

노인은 뒷짐을 진 채 창밖을 내려다보며 말했다. 특유의 위엄이 담긴 낮은 목소리가 유리창에 반사되어 더 굵게 느껴졌다.

"하지만 대전쟁이 끝난 지 이제 겨우 10년을 넘겼을 뿐인데, 조금 성급한 건 아닌지 걱정됩니다."

노인이 천천히 고개를 들고 청년을 돌아보았다.

"오랫동안 지켜 본 자네는 아무래도 염려가 되겠지. 하지만 그렇기 때문에 더욱 서둘러야 하네. 저들이 더 큰 힘을 갖게 되기 전에 세상의 진실을 알려 주고 동참하도록 해야지 않겠나. 그 우주선의 이름이 뭐였지?"

"스푸트니크입니다."

"그렇지, 스푸트니크."

노인이 말을 이었다.

"우리 역사를 생각해 보게. 처음 천상에 도착한 그날 말일세."

"'통찰의 아침' 말씀이군요."

"그렇네. 그때 만약 **그들**이 찾아와 우리를 인도해 주지 않았다면 어땠을까. 이 거대한 천상이 우리의 것만이 아니라는 사실을 알려 주지 않았다면."

노인은 다시 창 아래의 파란 행성을 따듯한 눈빛으로 내려다보았다.

"저들과 마찬가지로 우리도 천상에 오르고 싶었지만 그 기술이 바다 건너 먼 땅을 공격하는 데 쓰일 수 있다는 것도 알고 있었지. 만약 **그들**이 개입하지 않았다면 얼마 지나지 않아 각성의 감정은 사라지고 다시 욕망에 미쳐 그것을 사용했을 걸세. 그랬다면 지금 우리가 이 깊은 우주까지 올 수 있었겠나."

청년이 살짝 실쭉거리며 대답했다.

"덕분에 저도 고향을 떠나 이 임무에 오랫동안 매달렸지요."

노인은 가볍게 책망하는 듯한 표정을 지으며 웃었다.

"하하. 하지만 무한한 에너지와 항구적인 평화, 기나긴 수명, 그리고 은하연방 회원국 자격의 대가가 단지 몇 번의 계몽 임무라면 말할 수 없이 싼 것 아니겠나."

"제겐 좀 힘든 일이었지만, 동의합니다."

청년은 진심에서 우러나온 미소를 짓고 고개를 가볍게 숙인 후 방을 나섰다. 수천 년 동안의 노력이 보상받고 갈등과 오해가 해소될 날이 온 만큼 개인적인 불평을 늘어놓을 이유는 없다. 끝이 좋으면 다 좋은 거다, 라는 저들의 경구도 떠올랐다.

그는 복도를 돌아 워터워크에 몸을 싣고 실무 작업이 진행 중인 상황실로 향했다. 이 자그마한 행성은 비교적 자원이 풍부한 편이었지만 그만큼 인구도 많았다. 자연 파괴는

벌써 꽤나 진행되었고, 전쟁의 위험도 도사리고 있었다. 게다가 불과 10여 년 전에는 핵분열의 힘을 대량살상에 사용하는 잔인함을 드러내기도 했다. 통계에 따르면 90퍼센트의 문명이 이 지점에서 쇠퇴하거나 자멸한다. 그러나 이들은 바로 며칠 전 인공물을 자력으로 궤도에 쏘아 올리는 데 성공했던 것이다. 일단 스스로의 힘으로 천상, 즉 우주에 진출한 종족은 자동적으로 계몽의 후보에 오르게 된다.

"대견하다고 해야 할지, 우연인 건지."

청년이 나지막이 중얼거렸다.

그의 고향 행성에서도 천상으로 도달하는 것은 모두에게 큰 충격을 주었다. 그런데 자부심과 정복감, 두려움과 경이감이 뒤섞인 감정을 주체하지 못하던 그때 갑자기 거대한 우주선을 타고 **그들**이 나타났다. **그들**은 은하연방의 축하를 전하며 현실에 만연해 있던 온갖 문제와 부조리들을 해결할 수 있는 방안들을 전해 주었다. 초기에는 외계의 개입에 대해 반대와 우려의 목소리도 적지 않았지만 수천 년이나 앞선 과학기술로 순수한 호의를 베푸는 것이 확실해지자 반발은 이내 누그러 들었다. 무엇보다 **그들** 자신도 오래 전에 같은 경험을 했다는 점, 그래서 누가 처음 시작했는지도 모르는 이 계몽의 임무가 수억 년 동안 은하계의 전통으로 자리 잡고 있다는 사실을 알게 된 것이 결정적이었다.

"이제 내일 실행입니다. 집행관."

실무책임자가 상념에 빠져 있던 청년에게 일정을 보고했다.

"흠, 흠. 그래 어떤가."

"N-971-34 계몽 모델을 적용하면 이 행성의 생태계, 생물학적 특성, 지적 생명체들의 성향, 역사, 문명 발전도 등과 조화를 이룰 것으로 판단됩니다."

"예상되는 과정과 결과는?"

"시작은 스푸트니크의 천상 도달 후 정확히 한 달째인 내일, 지구력 1957년 11월 4일이고, 종합 이식은 지구 시간으로 43년이 지난 2000년에 완료될 예정입니다. 완료 후 예상되는 결과는 중력과 우주가속팽창 에너지를 활용한 무한한 동력원의 보유, 태양계 행성과 위성 일부의 거주 가능화, 평화와 안전의 항구적 정착, 다양한 생물군의 생존 보장, 인류 수명의 무한 증가입니다.

"나쁘지 않군. 위험도는."

"완료일 기준으로 0.003% 입니다."

청년이 만족스럽게 입맛을 다셨다.

"좋아. 그 정도면 이후로는 우리가 필요하지 않겠군. 집에 돌아가는 시간이 생각보다 빨라지겠어. 차질 없이 실행 준비하게."

말을 마친 그는 의장실로 향하는 워터워크에 다시 몸을 실었다.

'통찰의 아침' 이후 **그들**이 알려 주고 전해 준 지식과 정보는 수십억 년 은하계 역사의 정수를 담고 있었다. 막상 접해 보면 우리는 왜 미처 이것을 깨닫지 못했을까 싶으면서도 한편 스스로의 힘으로는 수천 년이 지난들 실현하지 못했을 거라는 사실을 받아들이는 그런 것들이었다. 그 점은 이 푸른 행성도 예외가 아닐 것이다. 그러나 은하연방이 은하계 속모든 행성들을 모니터할 수는 없기에 여전히 많은 문명이 도움을 받지 못한 채 자멸의 길을 걷는다. 이 행성의 바로 옆 궤도를 지나는 더 작은 행성이 수만 년 전에 바로 그런 일을 겪었다고 기록돼 있었다. 한때 녹색으로 빛나던 그 곳은 이제 붉은 죽음의 사막이 되었고, 생명과 문명의 자취는 우주 공간으로 흩어지고 말았다. 운 좋게 계몽 임무의 시혜를 얻는 경우는 백에 하나에 불과하다.

'안된 일이지만, 이게 다 우주가 너무 넓은 탓이지….'

그런 생각을 하며 의장실에 들어서자 노인이 너른 소파에 앉아 그를 기다리고 있었다.

"실행 계획이 확정되었습니다. 내일 정오에 4분할된 본선이 워싱턴, 모스크바, 베이징, 런던 상공에 모습을 드러낼 예정입니다. 이어 공중에 저들의 외모로 변환된 제 모습이 투영되고 평화의 메시지와 계몽 임무에 대한 설명이 모든 언어로 전달됩니다."

"위험은 없겠지?"

"저들의 무력이 우리에게 미칠 영향은 전혀 없습니다. 당장 스푸트니크에 핵탄두를 달아 쏠 수 있다면 모르지만요."

"그런다면?"

"그래도 위험도는 0입니다."

노인이 껄껄거리며 웃었다.

"알았네. 저들이 너무 놀라지 않도록 잘 준비하고."

청년은 가볍게 인사하고 뒤돌아 나가려 했다. 그때, 뜻밖에도 실무책임자가 헐레벌떡 의장실로 뛰어 들어왔다.

"무슨 일인데 이러나?"

청년이 물었다.

"죄송합니다. 계몽 시스템을 작동시키기 전에 보고드릴 일이 생겼습니다."

"뭔가, 위험이라도 발생했나."

"그건 아닙니다. 그저… 이걸 보시지요."

책임자는 벽에 붙은 버튼을 눌러 창문을 거대한 스크린으로 변환시켰다. 스크린이 확대되자 천상으로 오르고 있는 로켓이 보였다.

"저건?"

"지금 발사된 로켓입니다. 스푸트니크 2호로 파악됩니다."

청년이 미간을 찌푸리며 그를 책망했다.

"지금까지 저것이 준비되는 걸 알지 못했단 말인가."

"아직 계몽 임무가 공식적으로 시작되지 않았기 때문에 규정상 한계가 있었습니다."

노인이 자리에서 일어나 보일 듯 말 듯한 미소를 지으며 물었다.

"로켓을 발사했으면 했지 왜 이리 호들갑인가. 핵탄두라도 붙어 있는 건가?"

"그건 아닙니다."

청년이 말했다.

"그럼 보고를 하게. 왜 여기까지 달려와야만 했는지."

책임자는 숨을 고르고 자세를 바로 잡은 후 입을 열었다.

"생물이 탑승해 있습니다."

뜻밖의 말에 노인과 청년은 고개를 돌려 서로를 잠시 쳐다봤다. 노인이 말했다.

"한 달 만에 저 부실한 기계에 탑승해서 직접 천상에 올라왔단 말인가? 바보스럽지만 대단한 용기로군."

"아닙니다. 인간이 아니라 개라는 이름의 다른 생물 종이 탑승 중입니다."

그 말을 들은 청년의 얼굴에 당황한 표정이 비쳤다. 노인이 물었다.

"우주선 조종이 가능한가."

"지적 생물이 아닌 감성적 생물이라 불가능합니다."

"자신의 선택으로 탑승한 것인가."

"훈련을 받았지만 어디로 가게 되는지 알 수 없었을 것입니다."

대답을 들은 노인이 낮은 목소리로 말을 이었다.

"그럼 일단 그 생물의 귀환 일정에 맞춰서 임무의 시작을

며칠 연기하는 게 좋겠군."

책임자가 민망한 듯 머뭇거렸다.

"그게…."

"뭐지."

"지상으로 귀환하는 일정이 없습니다. 귀환 장치도 없습니다. 그리고 현재 냉각 장치 고장으로 내부 온도가 급속히 치솟는 중입니다."

청년이 탄식하는 소리가 조그맣게 들렸다. 노인은 잠깐 청년을 돌아본 후 굳은 얼굴로 말했다.

"시간이 없군. 어서 그 생물부터 구하게. 가능한가."

"셔틀을 준비해 발진시키면 2시간 후에 랑데뷰 가능합니다. 그러나 현재 상황으로 보아 그 전에 사망할 것 같습니다."

"그래도 가게. 어려운 작업이겠지만 시신이라도 수습하는 예를 갖춰야 하네. 이 행성 46억 년 역사상 최초로 천상에 오른 생물일세."

명령을 받은 책임자는 종종걸음으로 의장실을 나섰다. 노인이 안락의자에 털썩 주저앉았다.

"이것 참…."

청년이 황급히 말했다.

"저들 나름대로 두려움이 있지 않았겠습니까. 직접 탑승하기엔 너무 위험한 것은 사실이니…."

노인이 그의 말을 막았다.

"처음 천상으로 나가는 비행이 위험한 건 당연하네. 우리를 비롯해 어디에서나 마찬가지였지. 생명체가 목숨을 잃는 일도 벌어지네. 하지만."

그의 목소리에는 노기마저 약간 서려 있었다.

"천상에 오르려는 자들은 스스로 그 위험과 책임을 감수해야 하는 걸세. 판단력이 없는 다른 생물을, 게다가 감정과 믿음을 가진 생물을 속여 이용해서는 안 돼."

노인이 한숨을 내쉬며 말을 이었다.

"만약 기초적인 귀환 장치라도 갖춰져 있었다면 일이 잘못되더라도 내 재량으로 묵인하려고 했네. 하지만 저 동물은 홀로 죽을 운명으로 잔인하고 차갑게 천상에 내던져졌어. 자네가 보기엔 그렇지 않은가?"

"…그렇습니다."

노인은 단호한 목소리로 지시했다.

"규정에 따라 계몽 임무는 취소하네. 이곳에서 벌어진 모든 일을 잘 기록해서 은하연방에 보고하도록 하게."

청년의 얼굴이 급격히 어두워졌다.

"그럼 이 행성은 어떻게 되는 겁니까."

"핵과 로켓을 갖게 된 저 생물들이 앞으로 무슨 짓을 할지…. 하지만 지금 이 순간에도 우리를 기다리는 가치 있는 행성들이 많이 있지 않은가. 일단 돌아가서 어느 곳으로 가게 될지, 연방의 결정을 기다리도록 하세."

잠시 침묵이 흐른 후, 청년이 조용히 대답했다.

"알겠습니다. 야훼."

예수는 의장실을 나오면서 큰 창밖으로 내려다보이는 아름다운 행성을, 그가 개인적으로 오랫동안 공을 들였던 지구를 마지막으로 바라보았다. 감정을 가진 동물 한 마리의 목숨 때문에 수천 년간 기다려 온 구원을 놓쳤다는 사실을 그들이 언젠가 알게 될까.

쓸쓸한 눈빛으로 들릴 듯 말 듯, 그가 속삭였다.

"부디 살아남게, 지구인들이여. 하지만 그러기 위해선 내가 아닌 남을 먼저 살려야 한다는 진리를 늦기 전에 깨닫기 바라네. 오래전에 내가 그랬던 것처럼…."

우주선의 엔진이 작동하는 소리가 나지막이 울려 퍼졌다.

뒷설

이 소설에 등장한 외계인에 의한 구원의 개념은 독창적인 아이디어는 아니다. 유사한 소재의 SF 작품들이 여럿 있는데 특히 1950년대에 발표된 아서 C. 클라크의《유년기의 끝Childhood's End》을 걸작으로 꼽을 수 있다. 나아가 현실 속에서는 이런 관점을 교리로 체택한 신흥 종교들마저 존재한다. 극단적인 형태로는 헤일 – 밥 혜성 뒤에 숨어서 오는 UFO가 자신들을 구원할 거라고 믿고 집단 자살한 '헤븐스 게이트'라는 사교집단이 있었다. 헤븐스 게이트처럼 과격하지는 않지만 외계인이 인간을 창조한 존재라고 믿으면서 그들의 구원을 기다리는 국제적인 종교 조직 '라엘리안 무브먼트'도

세간에 알려져 있다.

　나는 이런 종교들에는 흥미가 전혀 없지만 언젠가 지구보다 발달된 문명에서 온 외계인이 지구를 찾아와 도움을 주면 좋겠다는 바람 정도는 갖고 있다. 문제는 자격이다. 만약 외계인들이 지금 우리 주변에 있는데도 각종 문제 해결에 도움을 주지 않고 있다면 그건 우리가 자격 미달이기 때문은 아닐까. 예컨대 우리가 원시인을 문명화하고 싶어도 그들이 다른 종족의 뇌를 먹으면 그 지혜를 갖게 된다고 믿는 수준에 머물러 있다면 딱히 해 줄 수 있는 게 없는 것과 마찬가지다.

　그럼 이때의 자격은 어떤 걸까. 일단은 저들이 전해 줄 과학기술 개념들을 힘겹게나마 이해할 수 있는 과학적 바탕은 갖춰야 한다. 돌도끼와 돌칼을 들고 뛰어다니는 자들에게 상온 핵융합이나 암흑 에너지의 비밀을 알려 준들 아무 소용도 없다. 〈스타트렉〉 시리즈에서는 그런 시점을 광속돌파, 즉 워프 엔진을 보유하는 때로 규정하는데 상당히 설득력이 있다. 일단 광속을 넘어서지 못하는 문명은 항성 간 여행이 불가능하기 때문에 기본적으로 고립된 종족이고, 주체적으로 외계에 나가 다른 문명과 접촉할 수 없다. 이런 상태에서는 다른 곳에서 온 외계인들이 좋은 의도로 간섭을 하더라도 수준차가 너무 나기 때문에 혼란이 생기고 결국 뒤끝이 좋지 않을 것이다(다만 이 소설에서는 그때를 인류가 우주에 처음 진출하는 순간, 1957년 스푸트니크 1호의 발사 시점으로 설정했다. 우리의 현실에 빗댄 이야기를 만들기 위해서다).

하지만 과학기술의 발달만으로 외계의 발달된 문명과 한 테이블에 앉을 수 있을까? 워프 엔진을 실현할 정도의 기술과 에너지 운용력을 보유한 저들이 전쟁과 파괴로 자멸하지 않았다는 것 자체가 과학뿐만 아니라 인성까지 대단히 성숙한 존재라는 점을 증명한다고 볼 수 있다. 따라서 이 부분, 즉 문명의 정신적 성숙도 중요한 잣대로 평가될 것이다.

그렇다면 인류의 인성은 어떻게 증명해야 하는 걸까. 이를 위해 이 소설 속에서 선택한 것은 다른 생물에 대한 존중이다. 〈계몽의 임무〉의 배경은 1957년으로 제2차 세계대전이 끝난 지 12년밖에 지나지 않았을 무렵이다. 수천만 명이 희생된 전쟁을 갓 치른 상태에서 우리는 아직 외계인과 마주할 자격을 갖지 못했을 듯하지만, 그럼에도 불구하고 외계인들은 인간 앞에 나타나서 도움을 주려고 한다. 여기에는 2천 년 이상이나 지구를 지켜보며 지구인들에게 연민을 느끼는 한 존재가 등장한다. 바로 예수다.

그러나 인류는 살아 있는 개 라이카를 귀환 장치 없이 스푸트니크 2호에 태워 죽음의 길로 보냄으로써—실제로 있었던 일이다—**그들**을 크게 실망시킨다. 물론 개 한 마리를 희생시키는 것이 세계대전이나 원자탄 투하보다 더 사악한 일일 리는 없다. 여기서 핵심은 인간의 무감각이다. 대전쟁을 두 차례 치르면서 수천만 명이 사망하는 끔찍한 경험을 한 후에도 인류가 얻은 교훈이 그다지 크지 않다는 점을 상징적으로 보여 주는 사례인 것이다.

특히 풍부한 감정과 인간에 대한 깊은 애정을 지닌 동물인 개를 생환에 대한 아무런 고려 없이 사지로 보낸 것을 **그들**은 심각하게 받아들인다. 만약 과학의 이름으로 이런 일이 아무렇지도 않게 자행된다면, 그렇게 발전시킨 과학기술이 결국 어떤 목적으로 쓰이게 될지는 자명해 보인다. 이런 수준에 머물러 있는 자들에게 은하계의 앞선 지식을 전하는 게 무슨 의미가 있을까.

인간은 지구의 지배자가 아니다. 개체 수로 가장 많은 존재는 35억 년 전이나 지금이나 박테리아이고, 비록 기계 문명을 이룩하지는 못했지만 돌고래의 지능은 인간에 비해 그리 떨어지지 않는다고 한다. 어쩌면 만물의 영장을 운운하는 오만함을 버리고 인간의 약함과 덧없음을 깨닫는 게 진정한 성숙의 시작일지도 모른다. 이 광대한 우주 속에서 인간이 얼마나 작고 하찮은지를 깨닫고, 한편으로는 인간이라는 복잡하기 짝이 없는 시스템을 만들기 위해 협업한 수조의 세포들과 진화의 위대함을 동시에 깨우쳐야 우리 안에 내재하고 있는 무한한 가능성이 열릴 것이다.

예수는 떠나면서 자신이 행동으로 실천한 가치를 여전히 우리에게 요구한다. 내가 살기 위해서는 남을 살려야 한다. 그가 했던 것처럼 굳이 내가 죽으면서까지 남을 살릴 필요는 없다. 그저 나와 다른 사람들, 동식물들 모두가 함께 사는 세상을 만들어 가면 된다. 그런 세상이 바로 우주의 본질에 가까운 문명일 것이다. 지금 인류는 단지 다르다는 이유로 다른 사람을 혐오하고 차별하고 고통을 주면서 심지어 죽이는 일까지 서슴지 않는다. 이 상태를 어서 벗어나지 못한다면 우리는 구원받기는커녕 문명과 생명으로 지속해 나갈 기회도 잃게 될 것이다.

산타 신디케이트

앞설

〈산타 신디케이트〉는 진실과 거짓, 실체와 허상에 대한 질
문을 담기 위해 쓴 소설이다. 그 소재를 산타클로스로 삼은
까닭은 현재 인류 문명에서 산타클로스와 관련된 여러 가지
상황들만큼 특이하고도 비현실적인 현상도 드물기 때문이다.

산타클로스 현상을 비판하기 위해 이 말을 하는 것은 아
니다. 산타클로스와 그의 선물이 실은 완구 업계의 잇속을
차리기 위한 자본주의의 계략이라는 등 1980년대적인 비판
을 하려는 것은 더욱 아니다. 비록 그런 면이 실제로 있다고
하더라도 우리는 어차피 모두 자본주의의 계략 속에서 살고
있기 때문에 산타클로스에 관련된 것만을 날 세워 비난할

이유도 없다. 또한 어린이들에게 산타의 존재를 믿도록 하는 것은, 산타는 물론 그 비슷한 것조차 현실에는 존재하지 않는다는 것을 알아 버린, 그래서 이미 오래전에 동심을 파괴당한 어른들이 자기 경험에 비추어 베푸는 일종의 따뜻함이라는 것도 잘 알고 있다.

나는 그저 이 현상 자체의 신비함에 매료된다. 마치 스스로도 믿지 않는 신을 향해 기도하고 공물을 바치는 이상한 종교 같은 모습이라고 할까. 더군다나 이 모든 진지함의 목적이 존재하지 않는 그 신을 오직 아이들이 믿도록 하기 위해서라니! 게다가 그 행위를 물경 수억 명에 달하는 사람들이 한날한시에 맞춰 행하고 있다니, 이 얼마나 기묘한 광경인가.

산타와 관련된 나의 기억과 생각의 변천사는 이 소설을 쓰게 된 직접적인 계기다. 나도 대략 초등학교 4학년까지는 산타를 믿었다. 그러다가 다른 아이들과 비슷한 경로로, 부모님이 숨겨 놓은 선물을 우연히 발견하면서 마침내 산타가 없다는 사실을 알게 된다. 대개 그 나이쯤 되면 산타가 없다고 해서 큰 충격을 받지는 않는데, 어느 정도 현실 감각이 생긴 터라 무의식적으로나마 뭔가 좀 이상하다고 여기기 때문이다.

나도 마찬가지였다. 일단 그 빨간 옷을 입은 노인이 존재하지 않는다고 전제하면 소록소록 생겨나고 있던 많은 의문들이 저절로 풀린다. 물론 아쉬움이 없을 순 없지만.

그로부터 꽤 세월이 지나고 나서 대학교 때쯤 갑자기 이런 생각이 떠올랐다. '산타가 없다는 어른들의 생각 혹은 판단도 실은 검증된 적이 없지 않은가?' 내가 어린 시절 '산타가 있다'라고 들어서 그렇게 믿었던 것처럼 어른들도 '산타가 없다'라고 주변에서 들었을 뿐이지 않은가. 어쩌면 나와 내 주변 사람들은 아니더라도 일부 선택된 사람들에게는 실제로 산타가 나타나서 자신의 역할을 수행하고 있을지도 모를 일이다.

이런 의심을 진짜 심각하게 한 것은 아니었지만, 한편으로 산타가 없다는 것을 제대로 된 증거도 없이 너무 쉽게 믿어 버린 것은 아닌지 역발상하는 문제의식을 가지게 된 것이 나름 즐거웠다. 이후 나는 심심할 때마다 산타가 존재할 수 있는 가능성에 대해 생각하곤 했다.

그런데 이런 생각을 했던 게 나뿐만은 아닌 모양이다. 산타의 존재 가능성을 찾는다기보다는 산타가 실존한다면 그가 얼마나 빨리 날아야 하고 얼마나 무거운 무게를 실어 날

라야 하는지 등에 대해 매우 현실적으로 다룬 계산 결과들이 매체를 통해 소개되고 있다. 그러한 계산에 따르면 산타는 물리적으로 존재 불가능하다는 방향으로 매번 결론이 기울었다.

그래서 생각해 낸 것이 '만약 산타가 개인이 아닌 조직이라면 어떨까'라는 것이었다. 처음에 떠올렸던 조직은 말 그대로 구체적인 비밀 조직, 즉 아이들과 관련 정보 수집 기관과 선물 구매 기관과 배송 기관이 긴밀하게 결합되어 '산타'라는 암호명의 리더 그룹에 의해 관리되는 체계적인 조직이다. 이런 곳이 실재할 가능성도 무척 낮긴 하지만 적어도 산타 혼자 돌아다닐 때의 물리적 장벽들은 해결될 수 있다는 점에서 의문의 본질이 달라진다.

그래서 10여 년쯤 전에 구상했던 것이 그 조직의 실체와 비밀을 파헤치는 일종의 음모론 추리물이었다. 그런데 세월이 지나는 동안 생각이 조금씩 바뀌었다. 내 논리적 상상 속에 끌려간 이야기가 되기에는 산타 개인이나 그가 실제로 운영하는 조직의 부재가 너무나 명백했다. 게다가 나는 사고실험의 일환으로 역발상을 했던 것이지, 산타가 실제로 있다고 믿게 하거나 이를 소설적으로라도 증명하기 위한 목적은 애초부터 없었다.

그런데 다시 궁금해졌다. 실재한다는 건 뭘까. 누구나 어려서부터 한 번쯤은 떠올려 봤을 질문 중에 물질적인 실체와 비물질적인 실체에 대한 것이 있다. 내가 지금 이 글을 쓰고 있는 컴퓨터는 물질적으로 실재한다. 그러나 워드프로세서 프로그램을 그렇게 말하기 애매하다. 한반도는 땅, 강, 산 등 확고한 물질적 실체를 갖추고 있다. 그런데 애국심 같은 감정은 분명히 존재하지만 그와는 다른 경우다. 이런 식으로 생각해 보면 비록 물질적 실체가 없어도 그 현상과 영향이 있다면 그것은 존재한다고 볼 수 있다. 산타를 그런 존재로 바라보면 어떨까.

산타 신디케이트

오늘 나는 중대한 비밀 하나를 폭로하려고 한다. 그것은 한 전설적인 사람에 대한 진실이다. 산타클로스 또는 지역에 따라 홀리데이 파더 등 여러 이름으로 불리는 노령의 남자가 있다. 이 남자는 극지 어딘가에 살고 있다가 크리스마스 전날이 되면 붉은색과 흰색으로 장식된 코스튬을 착용하고, 순록 떼가 끄는 선물이 가득 찬 썰매를 타고 전 세계를 날아다니며 어린이들에게 선물을 전해 준다고 알려졌다. 그는 거주자들 몰래 집 안으로 잠입하기 위해 주로 벽난로에 연결된 굴뚝을 이용하고, 크리스마스트리 밑이나 양말 속에 아이들이 원하는 선물을 놓아둔 채 같은 경로로 집을 빠져나간다.

이렇게 수천만에 달하는 가정을 단 하룻밤 만에 방문하여 임무를 마친다는 것이 활동의 골자다.

말할 것도 없이, 이 주장이 과학적으로 얼마나 허무맹랑한지에 대해서는 이미 많은 논의와 증명이 있다. 순록 떼가 끄는 하늘을 나는 썰매의 비과학성, 유조선에 실어도 부족할 엄청난 양의 선물의 구비와 포장, 그리고 그 모든 선물들을 하룻밤 안에 배달해야 하는 시간적 압박, 나아가 전설이 시작된 근세 유럽의 주택 구조에서나 가능했을 굴뚝을 사용한 벽난로를 통한 잠입 등 모든 요소가 현실성이라고는 조금도 없다. 그래서 그간 산타의 존재를 입증해 보려는 갖가지 시도가 있었으나 모두 실패로 귀결되었을 뿐 제대로 된 성과를 내지 못했다. 게다가 그런 시도 중 대부분은 어린아이들을 현혹시키고 어른들 스스로 온기를 느끼기 위한 일종의 장난에 불과했다.

그러나 문제의 북극 노인만을 따져 보자면, 전설과 비슷한 형태로 살았던 실존 인물이 산타클로스의 모델인 것으로 보인다. 그 유력한 후보로 3세기와 4세기에 걸쳐 동로마 제국에 살았던 주교 성 니콜라우스가 지목된다. 이 사람은 사재를 털어 가난한 사람을 돕고 붉은 옷을 입는 등 현재 우리에게 익숙한 산타와 유사한 점이 많다. 라틴어 '상투스 니콜라우스Sanctus Nicolaus'라는 이름이 네덜란드어 '산테 클라스Sinterklaas'로 변형되어 지금에 이르렀다는 주장에도 꽤 설득력이 있다. 그러나 1700년 전에 살던 그가 아직도 살아남아 슈퍼 파워를 보유한 채 산타클로스의 과중한 업무를 짊어지고 있을 리는 없다. 그렇다고 그의 후임자들이 일자전승으로 이어지며 지금까지 외롭고 힘든 업무를 잇고 있다고 보는 것도 지극히 비합리적이다.

이런 가운데 산타클로스는 실로 기묘하고도 모순적인 개념으로 사회 속에서 자리 잡았다. 아이들은 보통 열 살이 지나면서 앞서 열거한 각종 논리적인 문제점을 통해 산타클로스가 실존 인물이 아니라는 점을 눈치채게 되는데, 그럼에도 불구하고 어른이 되고 나면 다음 세대에게 그 오류와 거짓을 그대로 전수하는 인지부조화적 태도를 취한다. 그래서 산타클로스는 연령에 따라 믿는지 안 믿는지가 극명히 나뉘는 지구상의 유일한 인물이 되었다. 그런 이유로 대부분의 문화권에서 산타클로스가 존재하지 않다는 것을 확인하는 순간이 어린아이의 경계를 넘어 청소년에 이르는 변곡점으로 여겨지고 있다. 이 각성을 통해 아이들이 유아적 환상 세계를 벗어나 현실에 발을 딛게 된다는 것이다.

그러나 내가 지금 폭로하려는 진실은 바로 누구나 사실이라고 여기는 이 관점이 실은 착각이라는 것이다. 그 이유는 자명하다. 산타클로스는 실제로 존재하기 때문이다. 다만 그 형태와 디테일이 흔히 알려진 형상과 다를 뿐이다. 전설이나 신화가 실제 현실과 연결점을 갖는 모든 사례에서 이런 현상이 공통적으로 나타난다는 점에서 산타클로스만 특별할 것도, 문제될 것도 없다.

산타클로스가 부재한다는 그릇된 확신을 조장하는 핵심 논리는 바로 산타클로스가 앞에서 이야기한 성 니콜라우스로 상징되는 '한 사람의 노인'이라는 관념이다. 마찬가지로 앞서 서술한 비과학적 문제의 대부분도 산타클로스가 노인 한 사람이라는 전제에서 성립되는 것이다. 그러나 조금만 생각해 보면 개인이 아닌 대규모 조직이 개입된 경우에는 제시된 어려움의 상당 부분이 해소될 수 있다는 점을 알 수 있다.

일종의 비밀결사라고 할 바로 이 조직, 산타 신디케이트가 만들어진 바탕에는 산타클로스라는 존재의 역할과 그것이 어린아이들에게 주는 신비감과 경외감의 중요성이 교묘하게 결합되어 있다. 산타클로스의 전설이 시작된 이래로 수

세기에 걸쳐 인류는 산타의 존재에 대한 믿음과 애정을 가졌고, 이후 나이가 들면서 그것을 상실하는 경험을 범지구적 차원에서 공유해 왔다. 그가 존재하지 않는다는 사실을 알았을 때의 실망감은 크지만, 사람들 대부분은 산타클로스의 전설을 믿었던 어린 시절의 감정을 더 소중하게 간직하고 있다. 그 결과로 어른들은 크리스마스가 다가오면 자발적으로 암묵적인 결사체를 결성하고 산타클로스 개인이 해야 할 역할을 자신들의 아이들을 상대로 대신하게 되었다. 강력한 밈meme이 형성된 것이다.

일종의 자발적 외주 연합이라고 할 수 있는 이 산타 신디케이트가 처음 만들어진 정황이나 시점은 명확하지 않다. 다만 오래전부터 전해져 내려오는 것으로 보아 중세 무렵으로 추정될 뿐이다. 과업의 실행 과정은 대략 다음과 같다.

일단은 까마득한 옛날에 죽은 성 니콜라우스 혹은 북극 노인의 부재 문제를 해결하기 위해서 부모와 어른들은 평소 자연스럽게 개인 산타클로스의 실존을 기정사실화하는 다양한 장치를 가동한다. 영화, 동화, 만화, 애니메이션, 구전을 통해 산타의 실존성은 지속적으로 강화되고 보증된다. 그리고 크리스마스가 오면 이를 물질적으로 증명하기 위해 부모 자신들이 선물을 구입하고, 산타가 다녀간 것처럼 자녀들에게 제공한다. 이 활동은 국제적인 합의하에 전 세계 매우 많은 지역과 개별 가정에서 동시다발적으로 일어난다. 이런 상황 속에서 부모들은 결사체에 대한 소속감을 느끼거나 인지하지 못하지만 실은 거대한 산타 신디케이트의 일원으로 그 역할을 완수하는 것이다.

이 밈이 작동하는 문화권에 있는 부모 대부분은 산타 신디케이트의 철학과 강령에 매년 철저히 복종하고 조직원으로서의 의무를 충실히 수행한다. 만약 자녀가 그들에게 이런 조직의 일원인지 물어본다면 어떤 부모든 정색하며 부인할 것이다. 부모 자신도 스스로 조직원이라는 사실을 자각하지 못할뿐더러 단지 그 기능만을 수행할 뿐이니 부인 행위는 자동적으로 이루어진다. 물론 이 기능의 수행 자체가 역설적으로 그들이 산타 신디케이트의 조직원이라는 결정적인 증거임은 말할 것도 없다.

따라서 산타클로스는 비록 성 니콜라우스의 형태로 살아가고 있지는 않지만 사회, 문화, 역사, 상징 등 거의 모든 맥락에서 실제로 지구상에 존재하면서 효과적으로 기능한다. 그러나 여전히 이것을 과연 결사체라고 말할 수 있는지 의문을 가지는 사람이 있을 것이다. 예를 한번 들어 보자. 나는 대한민국 국민으로서 대한민국이라는 조직의 구체적 구성원이다. 그렇다면 나는 '아시아'라는 조직체의 구성원인가? 그렇다고 말할 수 있겠지만 평소 그런 자각을 갖고 살고 있지는 않다. 다만 아시아권 밖의 세계로 나갔을 때는 외모, 언어, 문화, 풍습 등의 차이로 자연스럽게 아시아의 구성원으로 인식되고 존재하고 기능하게 된다. 이때 나의 선택은 큰 영향을 미치지 못한다.

생물학적 예는 어떤가. 나라는 개인은 조직체인가? 분명히 그렇다. 이는 내가 개별적인 자의식이나 의지를 가진 것과는 별개로, 내 몸이 수십조 개의 세포로 만들어진 시스템이자 사회라는 측면에서 자명하다. 내 몸은 수십억 년 전 단세포 상태로 살던 생물들이 서로의 생존 가능성을 높이고자 역할을 나누고 기능을 분화해 유기적으로 결합한 거대한 사회다. 생존과 유전자 계승을 위한 결사체라고 불러도 무방할 것이다. 그러나 '나 신디케이트'의 구성원인 세포들은 자신들이 맡은 일만을 충실히 수행할 뿐 훨씬 상위에 존재하는 조직의 일부라는 자각은 전혀 갖고 있지 않다. 그들에게 '나라는 산타'의 실존성은 상상조차 불가능하다.

이렇게 내가 그렇듯 산타클로스는 환상이 아니며 동화는 더더욱 아니다. 느슨하지만 광범위하게 퍼져 있는 강력한 조직으로서 충실하기 그지없는 조직원인 부모의 노력 속에서 엄연히 존재하고 앞으로도 그럴 것이다. 그러니 여러분, 선물을 사서 숨기는 자신을 부끄러워하지 말라. 당신이 산타클로스를 형성하고 있다.

뒷설

조지 오웰George Orwell, 1903~1950의 소설 《1984》는 빅 브라더라는 독재자가 다스리는 전체주의 사회를 다룬다. 국민의 일거수일투족이 감시받고 검열당하는 이 사회에서는 빅 브라더에 대한 진심 어린 충성과 사랑이 존재의 필수 요소고, 반항적인 주인공조차 철저한 세뇌에 의해 결국 그에 대한 무한한 사랑을 느끼며 죽어간다. 그런데 소설을 읽고 나니 막상 빅 브라더는 실제 사람이 아니라는 생각이 들었다. 그는 아마 전체주의 사회를 유지하기 위해 창조된 가공의 인물이 아닐까. 사실 사람들 대부분은 이념이나 당, 조직 같은 것보다는 아이콘화 된 구체적 개인을 더 자연스럽게 신뢰하고 따르는 경향이 있다. 이런 특성이 원래 프롤레타리아, 즉 무산계급의 독재 개념에서 시작한 마르크시즘이 더 구체적인 실체인 공산당으로, 국가로, 나아가 스탈린주의나 마오주의, 심지어 주체사상같이 개인을 그 중심축에 놓는 것으로까지 변이되어 간 이유 중 하나다.

이렇게 산타 개인의 물리적 불가능성을 산타 현상의 사회적 가능성으로 환원시켜, 조지 오웰이 빅 브라더를 내세운 것처럼 산타는 존재한다고 주장해 버리면 이제 그는 실재하는 것이다. 북극에 살고 루돌프를 키우는 빨간 옷의 노인 한 명 외에는 크리스마스에 대한 기대 같은 감정에서부터 실제 선물과 각종 관련 산업에 이르기까지 그리고 그 언저리의 모든 것이 존재한다. 우리 모두가 힘을 합쳐 그를 존재하게 한다. 그리고 우리는 그를 사랑한다.

꼬리말

나를 키운 것의 절반은 SF다, 라고 말한다면 과장일까. 초등학교 때 접했던 아이작 아시모프의 《로봇》 시리즈 동화책 버전부터 성인이 되어 영어책으로 읽은 아서 C. 클라크의 《라마》와 《스페이스 오디세이》 시리즈 그리고 20대 후반에 캐나다에 살면서 그야말로 덕후 수준으로 빠져들었던 TV 드라마 〈스타트렉〉의 방대한 세계. 그 밖의 수많은 SF 장편 소설과 단편 소설, 드라마, 영화, 애니메이션, 만화책 그리고 최근에는 웹툰에 이르기까지 내 삶은 적어도 SF와 멀어졌던 적은 없었다.

언젠가부터 가능한 한 오래 살고 싶다라는 생각을 하게 된 것도 SF의 영향 때문이다. 미래를 내 눈으로 직접 보고 또 겪고 싶기 때문이다. 그것을 위해서는 의학의 힘이든 기술의 힘이든 뭐라도 빌려서 수백 년을 살아 볼 용의가 있다. 놀랍게도 소위 4차 산업혁명의 시대라고 하는 요즘에는 그런 바람들이 더는 망상만은 아닌 듯하다. 하루가 다르게 업그레이드되는 과학 개념들과 신기술, 첨단 의학 등은 조금만 손을 놓고 있으면 그 변화의 속도와 트랜드를 쫓아가지 못할 정도로 빠르게 발전하고 있다.

컴퓨터가 바둑으로 인간 최고수를 이기고 로봇이 두 다리로 덤블링을 하는 시대다. 우리가 얼마 전까지도 SF 작품 속 장면으로만 여기던 것들이 이제 하나둘 현실이 되어 가고 있다. 이 모든 것이 어디까지 갈지 최대한 길게 보고 싶고, 그렇게 결국 SF 현실 속에서 살아보고 싶다. 한번 가져 볼 만한 노년의 꿈 아닌가.

나는 슈뢰딩거의 고양이로소이다

발행일 초판 1쇄 2019년 12월 6일 7쇄 2023년 11월 7일 **지은이** 원종우 **발행인** 김병준
발행처 아토포스 **출판등록** 제406-2017- 000011호 **주소** 서울시 마포구 독막로6길 11, 우
대빌딩 2, 3층 **전화** 02-6925-4184(편집) 02-6925-4188(영업) **팩스** 02-6925-4182 **전자우
편** tpbook1@tpbook.co.kr **홈페이지** www.tpbook.co.kr

ⓒ 원종우, 2019
ISBN 979-11-85585-81-9 03810

이 도서의 국립중앙도서관 출판예정도서목록(CIP)은 서지정보유통지원시스템 홈페이지(http://seoji.
nl.go.kr)와 국가자료종합목록시스템(http://kolis-net.nl.go.kr)에서 이용하실 수 있습니다.(CIP제어
번호: CIP2019046304)